そして彼女は伝説へ…　[9]
あとがき　[218]

Contents ///

園原八重（そのはら やえ）

中途半端な霊媒能力を持つ高校二年生。めんどくさがりで温泉好き。

平凡で穏やかな生活を切望している。

高野美果（たかの みか）

22歳で死亡した、元東大生。

霊になって八重と行動をともにする。お笑い好き。

田村十郎（たむら じゅうろう）

24歳で死亡した、人気バンドAUBE《オーブ》の元ギタリスト。

ボクシングが得意。

小西　亘（こにし わたる）

AUBEのベース担当。女の子と制服が大好き。

園原家に入り浸っている。

小西　保（こにし たもつ）

AUBEのドラム担当で、亘の兄。各種格闘技に通じている。

常識人のようでいていじわる。

青山　晃（あおやま あきら）

AUBEのヴォーカルと作詞を担当。

美形で素直な性格だが、少々ズレたところあり。

園原亜美（そのはら あみ）

八重の母。ゲーム大好き。

文豪の霊を憑依させ、ベストセラーを多数書いてきた。

園原絹代（そのはら きぬよ）

八重の祖母。美少年大好き。

日本画の巨匠の霊を憑依させ、大いに稼いでいる。

↙保
今回シャレになってません
このん。
←若かりし日の
○○。
霊媒師三人衆
祖母の美少年好きの
きっかけとなったらしい
今回の重要人物。
……私そっくり…
西《にし》欧《うたう》→
(後藤望)
はたしてこの美少年
天然か腹黒か
……!?
西洋
↑私
今回余裕
なし…。

Profile ///

そして彼女は伝説へ・・・

1

一一月二二日。

日の射《さ》す気配が全く感じられないネズミ色の空を見上げて、私は深くため息を吐《つ》いた。その息の白さが、私を一層憂鬱《ゆううつ》にする。

ここは埼玉《さいたま》県にある遊園地、「さいたまワンダーランド」である。私は遊園地が嫌いだ。固い椅子《いす》に体を固定され、高い所から落とされたりぐるぐる回されたりすることの何がおもしろいんだろう。私には、どの乗り物も電動の拷問《ごうもん》器具に見える。そんな私が、なぜこんな所にいるのか。まずはそれを説明しなければならない。

昨日《きのう》、つまり、二一日の夜。私はリビングで、祖母と一緒にテレビを見ていた。それは、今二〇代後半~三〇代の女性を中心に絶大な人気を誇る、『ラッパー戦士　たいがいにSA《セ》Y《イ》・YO《ヨー》』という特撮ヒーロー番組だった。

「ラッパー戦士」という、職業と職業を組み合わせてしまったいい加減なタイトルのこの番組は、「ヒーロー番組がイケメンの起用で子供より主婦にウケているなら、いっそ初めから大人《おとな》向けで作ろう!」という意図で制作されたらしい。ターゲットが大人なので、午後一一時~一一時半という、子供を思いっ切り無視した時間帯に放送されている。

簡単に内容を説明すると、売れないラッパー・西《にし》洋《ひろし》が、なぜか毎回イケメン俳優扮《ふん》する怪人に襲《おそ》われたりさらわれたりする弟・西《にし》欧《うたう》を助けるために、どういうわけかラップで戦う。……おそらくこれは、「8m《マ》i《イ》le《ル》」というラッパー映画が流行《はや》っていた頃に、その流れに乗っかる形で放送が開始されたからだろう。そして、最後はいつも、「お前らたいがいにせぇよ!!」と叫びながら、洋が怪人を素手でボッコボコに殴《なぐ》って終わる。結局ラップはなんだったんだ? と、毎回思うのだが、そのヒーローらしからぬ理不尽《りふじん》な仕打ちがたまらなくおもしろい。〝特撮ヒーロー番組〟ではなく、〝お笑い番組〟として見るのが、これの正しい鑑賞法だと思う。

しかし、若い女性の支持を集めている部分は、そういうお笑い要素ではなく、西欧役の後藤《ごとう》望《のぞむ》がかなりの美少年である、という点だった。背が低く、一四歳という年齢のわりに幼く見える彼は、成人女性の母性本能をくすぐりまくっているのだ。現在一七歳の私にとっては、毎回事件に巻き込まれる可哀想《かわいそう》な中学生にしか見えないのだが……確かに、可愛《かわい》い顔をしていると思う。

美少年を愛する心は誰にも負けないことを自負している私の祖母も、もちろん彼目当てにこの番組を見ていた。その入れ込みようは凄《すさ》まじく、外出嫌いのくせに頻繁《ひんぱん》に原宿《はらじゅく》まで行って後藤望の生写真を買《か》い漁《あさ》るほどだった。……この人の血が私にも受け継がれているのだと思うと、こっちが恥ずかしくなってくる。

とにかく、私と祖母は――目的はかなり違うけど――金曜の夜になるとテレビの前に並んで座り、一緒にこの番組を見ているのだ。

その日の放送も、いつも通り頭の悪い内容でおもしろかった。エンディングテーマが流れている間にキッチンへ行き、冷蔵庫からミネラルウォーターのペットボトルを取り出してリビングへ戻る。水を飲みながら祖母の隣に座ると、階段を下りて来る足音の後、開《あ》けたままだったドアから母が入って来た。両手にはゲーム機器を抱《かか》えている。

「もう終わった?」

母はテレビの前にプレイステーション2、拳銃型《けんじゅうがた》のコントローラー、コード類を置き、コの字型に配置されたソファーの一つに座った。

「……そう、まだ予告があるのね。……そうなのよー、もう難しくて! ガンシューティングはしばらくやってなかったから、腕が鈍《なま》っちゃって」

母は、向かい側のソファーのほうを見て、誰もいないその空間に話しかけている。端《はた》から見るとかなりおかしな光景だが、我《わ》が家《や》では日常茶飯事《にちじょうさはんじ》である。

今あのソファーには、高野美果《たかのみか》さんという、美人の元東大生《とうだいせい》が座っている。その姿は、私の母や祖母のように、特別な能力を持っている人間にしか見ることができない。……彼女は、我が家に同居している、幽霊《ゆうれい》なのである。

ここで皆さんに、私と私の家族について、簡単に説明しておこうと思う。

私の名前は園原八重《そのはらやえ》。都立武蔵野南《むさしのみなみ》高校に通う、高校二年生の一七歳だ。園原家はかなり昔から続いている名家で、この家の長女には例外なく、霊媒《れいばい》の能力が宿《やど》る。霊媒というのは、幽霊を体に憑依《ひょうい》させる能力のことであり、使い方次第で莫大《ばくだい》な富《とみ》を産む能力でもある。……実際、私の祖母である園原絹代《きぬよ》も、母の園原亜美《あみ》も、霊媒体質を

活《い》かして財産を築いてきた。

　祖母は、死んだ有名な日本画家を憑依させて絵を描《か》き、それを売ることで大金を手にした。祖母の母、つまり私の曾祖母《そうそぼ》の代までは、霊媒の能力は一族のために使うもので、個人の金儲《かねもう》けに使ってはいけない、とされていたらしい。しかし祖母はその家訓に背《そむ》き、家を出て大いに稼《かせ》いだ。さらなる巨匠《きよしよう》の霊を求めて渡ったフランスで、霊ではなく、男前なフランス人の旦那《だんな》をゲット。子供の目から見ても格好《かっこう》良くて優しかった祖父は、残念ながら私が八歳の時に他界し、祖母は未亡人になってしまった。それでも、祖母は以前と変わらず明朗快活で、ジャニーズを主軸《しゆじく》とした美少年の発掘と追っかけに忙しい毎日を送っている。ジャニーズの中では、「アカニシジン」という子が好きらしい。私は詳《くわ》しくないので、それがどの人のことなのか、全然わからないんだけど。

　祖母は今でも時々絵の仕事を引き受けているので、話しかけた時、たまに、「いや、今は絹代じゃないんだ。すまんな」と返事をされることがある。その時の、どう反応すればいいのか困る感じは、小さい頃も今も変わらない。絵一枚がどのくらいの値段かは……まぁ、やらしい話なのでわかりにくく言うと、プレイステーション2の本体が五〇〇台買えるくらいの値段である。祖母の絵が売れる度《たび》に、「ああ、日本はちっとも不況じゃない！」

と思う。

母は、死んだ文豪《ぶんごう》達に体を貸して執筆させ、印税生活を満喫《まんきつ》している。執筆活動は一〇年前にやめてしまったが、印税は今でも入り続けており、家計をガッチリと支えている。そんな我が家を切《き》り盛《も》りしているのが、婿《むこ》養子の父・園原友人《ともひと》である。母が二十歳《はたち》の時、行きつけのフランス料理屋でコックをしていた父と出会い、その料理の腕前と人柄の良さに惚《ほ》れ込《こ》み、仕事を辞《や》めさせて結婚。以来、父は専業主夫《しゅふ》として、我が家の家事全般をこなしている。

母はもう一切仕事をしていないので、毎日を趣味の盆栽《ぼんさい》いじりやテレビゲームに費やしている。本当に驚くほど遊んでばかりいるので、小学校の授業で、「私のお母さん」という作文を書く時、非常に困ったことをよく覚えている。

当然、私にも霊媒体質は受け継がれている……のだが、祖母や母に比べて能力が低いらしく、二人とは様々な違いがある。

［二人］幽霊の　姿が見える・声が聞こえる・触れると思考が通じ合う

［私］　幽霊の　姿が見えない・触れている間だけ声が聞こえる・触れると霊には私の思

考が筒抜けになるが、私には霊の思考が読めない
　これだけでもずいぶん違うのだが、もう一つ、決定的な違いがある。それは、私は憑依中の霊と意志の疎通《そつう》ができる、という点だ。
　祖母や母の場合、霊を憑依させると自分の意識は深く沈み込み、その間の記憶はあっても、霊と意志の疎通はできないらしい。しかし私の場合は、体だけが勝手に動いている感じで、意識はしっかりしている。お互いに思考が通じ合っていて、頭の中で会話もできる。だけど、喋《しゃべ》るのだけは私の担当で、霊は私の意志を無視して声を出せない。
　このように意識が残ってしまったり、霊が声を出せなかったりするのは、霊媒能力が不完全なためらしい。でも、不完全で本当に良かった。もし霊が私の意志を無視して勝手に喋ることができたとしたら、お笑い好きの美果さんは、「ちょっこすおかすなことになっちょーよ!?」とか平気で言うに決まっている。……ああ、不完全で本っ当に良かった……!

　そんなお笑い好きの幽霊・高野美果さんは、東京大学《とうきょうだいがく》でも特に優秀な成績を収めていた、ずば抜けた記憶力を持つ才女《さいじょ》である。
　彼女は、私が小学四年生の時に、二二歳という若さで死んだ。冬の夕方、交通事故で即

死した美果さんは、私が初めて直接触れ合った幽霊である。それまでは、母や祖母に憑依中の霊と喋ることはあっても、霊体と話したことはなかったからだ。……私に語りかける姿の見えない美果さんの手は、ひんやりと冷たかった。私には、霊の体が冷気の塊《かたまり》として感じられ、声は……耳で聞くのとは全く違い、体の内側に響くように感じるのだということを知った。

彼女の事故死から七年。美果さんはずっと私の傍《そば》にいて、期末テストや予習を代わりにやってくれたり、暑い時に体をひっつけて冷やしてくれたり、楽屋に忍び込んで調べた不思議系アイドルの本音を教えてくれたり……とにかく、様々な面で私を支えてくれた。私にとって美果さんは、何者にも代えられない、特別な存在なのである。

(どうしたのー？　ボーッとしちゃって。もうすぐ予告はじまるよ)

左手にふわりと冷気が重なり、体に美果さんの声が響く。私は頭の中で、『なんでもない』と答えた。体が触れ合っている場合、思ったことが直接霊に伝わるので、会話に声は必要ない。静かな場所でも会話ができるので、かなり便利なのだが……伝えたくないことまで伝わってしまうという難点もある。

エンディングテーマ――これも当然ラップだ――が終わり、ＣＭに入る。その後、いつもなら次回予告が流れるのだが、突然、西欧こと後藤望が映《うつ》った。

「みんなー！　今日も楽しんでくれたかな？　いつもお兄ちゃんに迷惑をかけている、弟の欧でーす！　明日《あした》の、えーっと……二二日に、さいたまワンダーランドで、たいがいにSAY《セイ》・YO《ヨー》のクイズ大会が開催されることになりましたぁー！　なぜ突然こんな大会が開催されることになったかは、色々と大人の汚《きたな》い事情があるらしいので、僕からは言えませーん。ごめんね。……そういうわけなので、参加資格だけ言います。年齢は、二五歳以下。で、女性！　ということなので、二五歳以下のお姉さん達、ぜひぜひ明日遊びに来てくださいね!!　さて、次回の『たいがいにSAY・YO』は、〝洋《ひろし》VS《バーサス》押し入れの魔術師〟です。おっ楽しみにぃー!!」

祖母が、DVDレコーダーの録画停止ボタンを押して、すぐに今の告知部分を再生した。喋る後藤望の下に出ているテロップには、日時や場所の他に、

【クイズは、この番組に関する超カルトな○×《まるばつ》問題です。大会優勝者には、お金で買えないプライスレスな賞品をごYO《ヨー》意！】

と書いてある。YOって……無理に使わなくてもいいのに。

「八重！　私は、今日ほどあんたが一七歳なことを神様に感謝したことはないよ!!」

祖母が、両手で私の右手をガッチリと摑《つか》み、目を輝かせてそう言った。

「……感謝するのは勝手だけど、私、出ないからね」

祖母の手を振りほどいて言うと、

「年寄りの頼みを断るなんて、なんて酷《ひど》い子だろ！　あんたも言ってやって！」

と、テレビとゲーム機器の接続作業をしている母に話を振った。

「八重ちゃん、出てあげなさいよ。美果ちゃんを憑依させれば、クイズ大会なんて楽勝でしょ？」

そんなことはわかっている。美果さんの記憶力なら、どんなカルトな問題が出ようと優勝できるだろう。だからこそ、出たくないのだ。これだけ人気のある番組なんだから、絶対にテレビの取材が来る。そんな所で優勝したら……ものすごく目立つじゃないか！　私は、ごく普通の平凡な日常を愛しているので、目立つことが何よりも嫌いなのだ。テレビに映るくらいなら、サシでゴキブリと対峙《たいじ》するほうがはるかにマシだ。

「私は目立ちたくないの！　絶対出ないからな!!」

祖母は、そう言ってソファーから立ち上がろうとした私の腕を引き、もう一度座らせた。

「何もそのまま出ろって言ってんじゃないの。かつらと眼鏡《めがね》で変装して出ればいいのよ」

「そんなのどこに……」

と言いかけると、祖母は、「七重《ななえ》が一式持ってんのよ」と答えた。七重というのは私の妹のことなのだが……あいつ、なんでそんなの持ってるんだ？

「それで変装して偽名《ぎめい》使えば、絶対バレない！　私が保証する!!」

祖母は、なぜか自信たっぷりにそう言う。左手に触れている冷気を通して、美果さんが笑っている気配が伝わってきた。いつもなら何か言って助けてくれるのに……と思ったら、(だって、私も欧君のファンなんだもん♪) と言われた。……クソ、美少年なんて嫌いだ！

「とにかく、嫌《いや》だから出ない!!」

そう言い捨ててキッチンへ行こうとした私の右手首を、祖母がギュッと掴んだ。私は、「放してよ！」と言いながら、振り向いて祖母の顔を見た。……目が据《す》わっている。

「私には、〝祖母を虐《しいた》げる孫〟ってタイトルであんたの肖像画《しょうぞうが》を描いて、美術館に寄贈《きぞう》することだってできるんだよ？」

「な……っ！」

「高額なうえに希少な私の作品が寄贈されたとなれば、当然メインで展示するでしょうねぇ」

口は笑《え》みの形をしているのに、祖母の目は少しも笑っていない。テレビに向かって拳銃型コントローラーをかまえていた母が、振り向いて笑った。

「お母さんにはどうせ逆らえないんだから、もう諦《あきら》めたら？」

「……あー、クソッ！　わかったよ‼　出るよっ‼」

苦々《にがにが》しい気持ちで吐き出したその言葉を聞いて、祖母は晴れやかな笑顔で、「いい子ね」と私の頭を撫《な》でた。……ちくしょう。でもこの人は、やると言ったら本当にやるタイプだからなぁ。

「よし！　じゃあさっそく七重に変装道具を借りに行くよ！」

「えー、別に明日の朝でも……」

「善は急げ！　好機《こうき》逃《のが》すべからず！　思い立ったが吉日《きちじつ》！」

元より私の話を聞く気がない祖母は、私の腕をぐいぐい引いて階段を上がる。私には善じゃないし好機じゃないし思い立ってもいないのに……。虐げられているのは、孫のほうだ。

階段を上がってすぐ右のドアが私の部屋、左が七重の部屋になっている。七重の部屋のドアは、中央に直径一五センチくらいの丸い磨《す》りガラスがはめられた、白い木製の物だ。

この家は、私が五歳の時に大規模な改築工事をした。その際、父以外の家族全員が自分の好みを一歩も譲らなかったため、各自の部屋に、それぞれ自分で選んだドアが取り付けられているのである。……ちなみに私の部屋は、縦に細長く磨りガラスがはめられたアルミ製のドアだ。

「七重ー！　ちょっと起きなさいな！」

祖母が勢いよくドアを開《あ》け、壁を探って電気を点《つ》けると、窓際《まどぎわ》に置かれた天蓋《てんがい》付きのベッドから、「う……ん」という微《かす》かな声が聞こえた。この馬鹿《ばか》みたいなお姫様ベッドは、父が七重にねだられて、小学校の入学祝いに買い与えた物なのだが……七重には、このベッドが驚くほど似合う。

実の姉である私が言うのもなんだが、七重はとてもきれいな女の子だ。歳《とし》は私の一つ下で、有名な私立の女子高に通っている。七重は、祖父の遺伝子が家族の中で一番色濃く外見に現れており、髪も目も、ミルクティーのような淡い茶色をしている。肌《はだ》の色も白く、等身大のフランス人形のようなのだ。

祖母が、レースを捲《めく》ってもう一度七重を呼ぶと、分厚《ぶあつ》い布団《ふとん》の山が動き、もそり、と七重が出て来た。

「おばあちゃん、うるさい。……で、なんなの？」

ミルクティー色の髪を掻《か》き上げ、眩《まぶ》しさに目を細めながら、恨《うら》めしそうに祖母を見る。

「あんたの変装道具を、明日一日八重に貸してやって」

「別にかまわないけど……。どっち？　ロリータか委員長」

ベッドから降りた七重に、祖母が、「委員長のほう」と即答。それを聞いた七重は、クローゼットの中から、紺色の鞄《かばん》と深緑色のコートを取り出した。

「靴《くつ》は、八番の箱に入ってるのを履《は》いて。下駄箱《げたばこ》にあるから」

七重は私に向かってそう言いながら、祖母に鞄とコートを手渡し、さっさとベッドへ戻っていく。

「あんた、なんであんなの持ってるの？」

ずり落ちかけている布団を元に戻してやりながら訊《き》くと、七重は、

「相手によっては、こういう格好のほうが落《お》とし易《やす》い場合もあるの。……きっかけ作りの手段よ」

と、当然のように答えた。七重には――こんな外見をしているだけあって――常に複数の彼氏がいる。何もしなくても男は寄って来るのだが、自分に興味がなさそうな男をあえて落とすことに喜びを感じるらしい。私には到底理解できない。

深いため息と共に電気を消し、おやすみを言って部屋を出た。

リビングへ戻ると、相変わらず母が拳銃型コントローラーを持って画面に向かっていた。私達が部屋に入っても、振り向きもせず画面を見つめている。この集中力を、もっと他の分野に活かすべきだと思う。

ソファーに座った祖母は、ローテーブルの上に次々と鞄の中身を出していった。黒髪長髪のかつら、黒縁《くろぶち》の眼鏡、白いシャツ、焦《こ》げ茶色のベスト、プリーツスカート……その他にも様々なアイテムが机に並べられ、この変装セットが〝委員長〟と名付けられていることに納得がいった。これらのアイテムからは、〝市立図書館の自習室で黙々と勉強している女の子＝委員長を任されるような女の子〟のイメージが湧《わ》いてくるからだ。

「八重はこれで大丈夫《だいじょうぶ》そうね」

祖母は、委員長セットを見て満足そうにうなずいてから立ち上がり、家族本棚から本を一冊取り出して戻って来た。……家族本棚というのは、各々が買った最新号の雑誌やマンガを置き、それを家族全員が自由に読めるという本棚である。「誰がどの本を買っているのかを覚えるのが面倒くさい」という祖母の意見を元に考案・設置された。

「あとは、美果ちゃんにこの本の内容を覚えてもらうだけね」

そう言って祖母が差し出した本は、『たいがいにSAY《セイ》・YO《ヨー》 解体新SHOW(書)』という公式のファンブックだった。Ａ５サイズで、結構分厚い。パラパラ捲《めく》ってみると、今までに出てきたラップの歌詞や、怪人の紹介が載《の》っていた。

「こんなの売ってるんだ……」

しかし、すごいタイトルだな。番組スタッフの、「横文字で韻《いん》を踏めばラップっぽい」という安易な発想が丸出しじゃないか。

（放送された内容だったら、完璧《かんぺき》に頭に入ってますよー？　ラップの歌詞も怪人の名前も）

　美果さんがそう言った。隣から本を覗《のぞ》き込《こ》んでいるらしく、右腕に冷気を感じる。

「この本には、テレビでは紹介されていない情報がギッシリなの。初期段階での設定とか、登場人物の誕生日とか血液型とか好きな食べ物とかね」

　祖母に言われて主要キャラクターの紹介ページを見ると、確かに細かな情報が書いてあった。……それにしても、西　洋の好きな食べ物が〝ハム〟ってなんだよ……。

（わかってないなー、八重ちゃん！　ヒーローだからってステーキとかにしないで、あえてハムをチョイスするのが、ここのスタッフさんのステキなところじゃない！　……きっと渡辺《わたなべ》鐘《あつむ》さんみたいな、笑いに長《た》けた構成作家がいるんだと思うなー）

　それを聞いて、『渡辺？』と思うと、（ジャリズムの渡辺さんだよー！　知らないなんて

信じられない！）と言われた。美果さんと一緒にお笑い番組を見ているうちに、私も自然とお笑いに詳しくなったのだが、芸人のフルネームや所属事務所、生年月日から出身地まで記憶している彼女と比べられては困る。

祖母が美果さんに暗記すべき箇所を見せている間、私はゲームに熱中する母を、向かい側のソファーに座って見ていた。次々と湧いて出る敵を正確な射撃で倒していく母は、『トゥームレイダー』のアンジェリーナ・ジョリーみたいだ。……三八歳二児の母、でもゲームで夜更《よふ》かし、という現状を意識すると途端《とたん》に情けない気持ちになるので、それは考えないようにする。

しばらくして、「終わったー！」と母がコントローラーを置いた。エンディングのムービーを見終わってから、ようやくこっちを向いて、言う。

「八重ちゃん、二人用やらない？」

「まだやるの!?　今までずっとやってたのに！」

母は私の話を聞かずに、持っていたコントローラーを渡し、もう一つコントローラーを繋《つな》いでゲームをスタートさせた。子供に夜更かしをさせてはいけない、という常識は、うちの母にはない。

二分割されたゲーム画面に各々《おのおの》弾《たま》を撃ち込み、二人で協力して敵を倒していくのだが、敵の動きが速くてなかなか当たらない。二人用といっても、ほとんど母が一人で戦っているようなものだ。

「ちょっと八重ちゃん！　その金髪は母さんなんだから撃たないでちょうだい！」

「じゃあ前に出てこないでよ！　当たっちゃうから！　ねぇ、なんでこの人は何度も頭撃ってるのに死なないの!?」

「その人はボスだから死なないのよ!!」

すげー、人間ってボスになると頭を撃たれても死ななくなるんだぁ……などと思っているうちにゲームオーバーになった。母が可哀想なものを見るような目で私を見て、ため息を吐いた。

「八重ちゃんは本当にゲームが下手《へた》ねぇ。おかしいなぁ……私のゲーム遺伝子を受け継いでるはずなのになぁ……」

なぜか私よりもしょんぼりしている母に、「劣性遺伝子だったんじゃないの」と投げやりに言って眉間《みけん》を揉《も》んだ。……ゲームをやると、目がチカチカするんだよね……。

「あら、十郎《じゅうろう》くん。お帰んなさい」

祖母が自分の斜め後ろを見上げてそう言うと、母も、「お帰りー」と言ってその方向に微笑《ほほえ》んだ。祖母の目の動きで、それが私のほうへ近付いて来るのがわかる。右手首に、冷

気が触れた。
（まだ起きてたんだな。みんな揃《そろ》って……徹夜でもするのか？）
男の声。これも、美果さんと同じように家に同居している幽霊で、名前は田村《たむら》十郎とい
う。
『徹夜なんかしてたまるか。……色々付き合わされてるうちに遅くなっただけ』
あくびをしながらそう思うと、十郎は、（そっか）と言ってうなずいた。近くにいる場
合は、姿が見えなくても、なんとなく何をしているのか気配でわかる。
もう寝に行こうと立ち上がりかけた私の体に、（あ、これって『タイムクライシス3《スリー》』
じゃねぇの!?）という十郎の声が響いた。……嫌な予感がする。
「十郎くん、『タイムクライシス』好きなの？」
（はい！『2《ツー》』はメチャクチャやり込みました！ やっと出たんですね、『3』）
母と十郎が、そのゲームについて楽しげに喋っている。あー、もうホントに嫌な予感が
する。
「十郎くん、八重ちゃんに体借りて、ちょっと撃ちなよ！」
やっぱり……。母さんのことだから、そう言うと思っ……
（はい!!）

「はい、じゃないだろ!?　私はもう眠いの!!」

「そんなのどうでもいいから。ほら八重ちゃん！　早く憑依させて！」

母が、そう言いながらコントローラーを差し出す。……なんで祖母も母も人の話を聞かないんだ!?　二人とも、自分本位すぎる。

（お前がどうしても嫌なら、俺は別に今日じゃなくてもいいけど……）

十郎が、小さな声でそう言った。……あの二人は、こいつのこういう部分を学ぶべきだ。

『……いいよ。母さんと遊んでやって』

ソファーの背もたれに体を預けて、息を止める。両肩に冷気が乗り、（じゃあ、ちょっと借りる）という十郎の声がしてすぐ、後頭部にほんの少し圧力を感じた。それとほぼ同時に、冷気が背骨を駆け下りていき、憑依が完了する。実に簡単なことなのだが、何度経験してもこの感覚には慣れない。

十郎が、私の体を動かしてコントローラーをかまえる。憑依中は視覚と聴覚以外の感覚が鈍《にぶ》くなるため、しっかりとコントローラーを握っていても、軽く触れているような感覚しかしない。

十郎は母からボタンの説明を聞き、一緒にゲームを始めた。同じ私の体とは思えないほど、素早い射撃で敵を倒していく。母が使っている金髪のプレイヤーや民間人を撃つこと

もなく、完璧に母をサポートしていた。だからって、別に羨《うらや》ましくなんか……いや、ちょっとはあるけど。

田村十郎は、人気バンド「AUBE《オーブ》」のギタリスト兼作曲家である。……いや、死んでいるんだから、「であった」というべきだろう。

十郎は、二四歳で死んだ。私が中学二年生の時、ニュースに映った彼の実家が近所だということに気付いた私は、十郎を憑依させて音楽活動を続けさせる代わりに、彼の分の印税をいただく作戦を思い付いた。AUBEのメンバーである他の三人が阿呆《あほう》……じゃなくて、えーっと……話のわかる大人だったため、十郎の幽霊がいるという事態がすんなりと受け入れられ、ウハウハ印税大作戦は見事に成功。三年経《た》った今、私の銀行口座の残高は、桁《けた》数がとてもステキなことになっている。

唯一の誤算は、十郎がサンドバッグを叩《たた》きながらじゃないと作曲ができない変なミュージシャンだったということだ。仕方がないので自室にサンドバッグを設置し、それをひたすら叩いて音楽活動を続けた。……当然、体にはしっかりと筋肉が付き、女子高生らしからぬ強烈な右ストレートを体得する羽目《はめ》になってしまった。しかし、印税のことを考えると、これぐらいは我慢しなければなるまい。耐えろ、私。

ちょっとぼんやりしていた間に、ゲームはクリアされていた。今度こそ寝に行こうと思ったのに、

「十郎くんとなら、ベリーハードモードもクリアできるかも！」

と母が言って、すぐさま二周目が始まった。……もう、好きなだけやれよ。

それを踏まえて、今日である。私が憂鬱な気持ちで遊園地に来ていたわけを、わかっていただけただろうか。

結局、私がベッドに入ったのは午前五時を回ってからだった。そして祖母に起こされたのは八時。三時間しか眠っていないのだ。しかも、左右に分けてキッチリ三つ編みにしたかつらが重いし、眼鏡に慣れていないから鼻にかかる重みで頭痛がする。視界に眼鏡のフレームが入るのも、なんか気持ち悪いし。……髪が長い人と眼鏡をかけている人は、それだけで実は凄《すご》いんだなぁ、とか思ってしまう。その上、曇《くも》ってるし、寒いし、スカートだから脚《あし》が冷えるし、ばあさんと美果さんと十郎はジェットコースターに乗りに行っちゃったし、たいがいにＳＡＹ《セイ》・ＹＯ《ヨー》効果なのかすごい人出だしで、一つもいいことがない。

ついさっき、一人でベンチに座っている私を可哀想に思ったのか、薄汚れたパンダの着ぐるみが近付いて来て風船をくれた。こんなもの、どうしろっていうんだ。持っていても楽しいことなど何一つない。ハッキリ言って邪魔《じゃま》である。……風船も上へ行きたがっているようなので、着ぐるみが離れてから、空へ放してあげた。吹きすさぶ寒風に流されながら、どんどん空へ上っていく。灰色の空に、ポツリと浮かぶ緑色。この光景はいい感じだ。……なるほど。風船というのは、空へ放して楽しむ物だったのか。

一二時になっても一向《いっこう》に祖母が戻って来ないので、父が持たせてくれたお弁当を食べることにした。断熱シートにくるんであったお弁当箱は、まだほんのり温かい。蓋《ふた》を開けると、中にはオムライスが入っていた。水筒のコンソメスープを飲みながら、黙々とオムライスを食べる。バター風味の半熟卵がご飯に絡《から》んで、文句なしに美味《おい》しい。中身も、半分はチキンライスで、もう半分はドライカレーになっていて、このドライカレーがまた絶品なのである。父の娘で本当に良かった……！　ご飯を食べる度に、そう思わずにはいられない。

お弁当箱を鞄へしまっているところに、祖母が戻って来た。

「待たせたわね。さ、ステージ前に行くわよ」

祖母は、ケチャップがたっぷり付いたアメリカンドッグを頬張《ほおば》りながら、私がお弁当を片付けるのを待つ。

「またそんな物食べて……。せっかく父さんがお弁当作ってくれたのに」

「好きなんだからいいじゃないの。あとでちゃんとお弁当も食べるわよ」

鞄を持って立ち上がり、歩き出した祖母の後を追った。祖母はジャンクフードが好きなので、よくマクドナルドやファーストキッチンへ行く。「ほどほどにしてくださいね」という父の言葉にも耳を貸さず、ロッテリアやケンタッキーへふらりと出かけていく。祖母は、「だって美味しいんだもの。それに、あの不健康な感じがいいの。健康志向の社会に対するささやかな反抗……そこのところがロックなのよ！」などとわけのわからないことを言っているのだが、もう還暦《かんれき》なんだし、長生きするためにも、そんなろくでもない美学は即刻捨ててもらいたいものだ。

ステージの周りは、屋外だというのに満員電車の車内のような状態だった。そのほとんどが、後藤望を一目見ようと集まった二〇代後半と見られる女性である。クイズ大会の参加資格は二五歳以下だから、この様子だと出場者は、意外に少ないかもしれない。

「何をぐずぐずしてるの。シャキッとなさい」

「そんなこと言われても、この人混みじゃ……」

前を行く祖母が振り向き、あまりの人数に後込《しりご》みしている私の腕を引いた。

「シャキッと歩けば、人混みなんてへっちゃらなのよ！」

そう言って、祖母が人混みに分け入っていく。ピンと背筋の伸びた長身の祖母は、歩く姿が格好いい。祖母が避《よ》けているのか周りが避けているのか、私達は不思議とどんどん前に進んだ。

開会予定時刻の一三時には、人混みの最前列まで辿《たど》り着いていた。いつもはヒーローショーが行われているのであろう広めのステージがあり、大きく○と×が描《か》かれた看板が立っている。その前に、テニスコートくらいのスペース――○×クイズはここでやるらしい。わー、テレビカメラが四台もある。やだなぁ――が空《あ》けてあり、高さ約一二〇センチの柵《さく》で囲われている。私と祖母が立っているのは、この柵のすぐ外側なので、ステージがよく見えた。祖母は鞄から望遠鏡のようなレンズが付いたカメラを取り出し、ステージの方向へかまえている。私は、こりゃもう病気だな……と思いながらその様子を見ていたのだが、ふと顔を左へ向けると、左側の女性も同じようなカメラを同じようにかまえていた。そんな！　と思って今度は右を向くと、そっちにも全く同じ光景……柵の前にいる女性は、種類は違えど、皆同じようにカメラをかまえている。この状況では、むしろ私のほうが浮いている。ああ……ものすごい所に来てしまった……。

ステージ脇《わき》の大きなスピーカーから、聞き慣れたイントロが流れ始めた。『たいがいにSAY《セイ》・YO《ヨー》』のオープニングテーマだ。歌い出しと同時に、ステージに向かって一斉《いっせい》にフラッシュがたかれる。空が曇っているので、雷《かみなり》みたいに見えた。

「みんなー！ 急な告知にもかかわらず、来てくれてありがとう！ 西 欧です!!」

手を振りながら現れたのは、西 欧こと後藤望だった。会場中から、「望君かわいいぃー!!」「こっち向いてぇー!!」という悲鳴のような声が上がり、一瞬本気で鼓膜《こまく》が破れるんじゃないかと思った。後藤は困ったように笑い、右手の人差し指を唇《くちびる》に当てる。途端に、ピタリと声が止《や》んだ。……なんなの、この感じ。

「お兄ちゃんはバイトで忙しいので、代わりに僕が司会をやりまーす!!」

すぐに会場中から、「がんばってぇー!!」という声が上がる。

「それじゃあ、アナウンサーのお姉さん。説明をお願いします！」

今度は、「お姉さんなんて呼ばないでぇー!!」という悲鳴が上がった。後藤が一言喋る度にこの調子だと、大会が終わるまでに死人が……いや、死なないにしても、叫びすぎて喉《のど》が切れて吐血《とけつ》する人は出そうだ。そんな私の心配を余所《よそ》に、美人のアナウンサーが笑顔

で説明を始める。

「はい、説明します。これから行われる超カルト○×クイズに参加できるのは、二五歳以下の女性のみとなっております。参加を希望される方は、四か所に設置された受付にて年齢を確認させていただいた後、ステージ前の○×ステージへお越しいただきます。身分証明書をお持ちになって、お近くの受付よりお入りください」

しまった……身分証明書のことなんて、全く考えてなかった。

「ちょっとばあさん！　どうすんの!?」

「安心なさいな。七重が抜かりのない女だってことは、アンタもよく知ってるでしょう？」

祖母は、鞄から一冊の生徒手帳を取り出した。受け取って表紙を捲ると、そこには、今の私と全く同じ変装をした七重の写真が貼られた学生証が挟《はさ》んであった。名前の欄《らん》には、【村上美幸《むらかみみゆき》】という、聞き覚えのない名前が印刷されている。……完璧な偽造学生証だ。

「これって犯罪……」

「さぁ、美幸！　すぐ行っといで!!　……美果ちゃん、頼むわよ」

祖母に押されて、仕方なく受付の列に並びながら、七重が一体どうやってこの学生証を入手したのかを想像してみた。……駄目《だめ》だ。私の貧困な想像力では、どう考えても最終的に香港《ホンコン》マフィアに繋がってしまう。そんなことは、たぶんきっとない！　ないって言ってくれ、七重!!

受付をあっさり通過した、私こと村上美幸は、右手に美果さんの冷気を感じながら周りを見回した。参加者は……五〇人くらいだろうか。会場に集まった人数に対してかなり少ない気がするが、『たいがいにSAY《セイ》・YO《ヨー》』のファン層が二〇代後半〜三〇代の女性であることを考えると、このくらいが妥当だろう。

「それでは、超カルト○×クイズを始めます！　みなさん、準備はいいですかー？」

まるで打ち合わせたかのように、周りの女子が拳《こぶし》を振り上げ、「オーッ!!」と叫んだ。

（なんだか、タチの悪い宗教みたいだねー）と美果さんが笑う。

「では一問目、どうぞ！」

後藤に振られたアナウンサーが、問題を読み上げる。

「第一問。主人公・西　洋の行きつけの店、〝カレー喫茶　ジェシカ〟。そのマスターが日頃愛飲している豆乳は、成分無調整豆乳である。○か×か」

会場がざわつき、参加者が左右へ分かれ始める。私は、真《ま》っ直《す》ぐ×のほうへ歩いた。

（さすがにこれは八重ちゃんもわかるよねー）

『マスターの、「成分無調整なんてぇのは、ただの手抜きだ！」っていう台詞《せりふ》は強烈だっ

たからね』

美果さんと無言で会話しながら、×のエリアに立つ。さすがに、ほとんどの人が×を選んでいた。

「はーい、時間切れです！」

後藤の合図で、○エリアと×エリアの真ん中に、移動を阻止《そし》するためのロープが張られた。

「正解は……×です!! 不正解の方は、受付から外へ出てくださいね」
○を選んだ数人が、柵の外へ戻っていく。私も早く戻りたいなぁ、と思ったら、（ダーメ！ 絶対優勝するんだから！）という美果さんの声が聞こえた。……いいけどね。今は村上美幸だし。
「では次の問題、どうぞ！」


この調子で、徐々に難易度を上げながらクイズは進み、残りは私を含めて四人になった。

「最終問題です。この問題の正解者が複数だった場合、ジャンケンで優勝を決めていただきます。では、第一〇問。第四話に登場した怪人・リストラリーマン。放送時は、胸に、〝夢は係長〟というバッチを着けていましたが、初期の設定段階では、〝夢は課長〟というバッヂを着けていた。○か×か」

アナウンサーの問題を聞き終えても、私にはもうサッパリわからなかったが、美果さんは違った。

(答えは×だよー。〝課長〟じゃなくて、〝課長補佐〟だから)

と、当たり前のように言う。更《さら》に、×のほうへ歩き出そうとした私を、(待って！)と引き留め、言った。

(今残ってる子達は、三問目からずっと私達の後をついてきてるの。たぶん、問題が読まれてすぐ正解のほうに行くから、自信ありと見て便乗《びんじょう》してるのねー)

振り返って他の三人を見ると、全員が素早く私から目を逸《そ》らした。全く気付かなかった……さすがに美果さんは周りをよく見ている。

(だから今回は、時間切れ直前に×へ移動しよー！)

『わかった』

そう答えて、五秒前のカウントを待った。カウントが始まってもすぐには動かず、残り二秒のところで、ひょい、と境界線のロープを跨《また》ぎ越える。その直後、両端の男がロープを上げてピンと張り、○と×を仕切った。

「時間切れです！　うーん、二対二に分かれましたねぇ」

後藤のアナウンスを聞いて振り向くと、肉付きのいい金髪の女がニヤリと笑った。あー、追いつかれちゃったのか……。○のほうに残った二人は、自分と私の間にロープが張られているのを見て呆然《ぼうぜん》としている。

「正解は……×です‼　不正解の方、残念ですが、ここまで残ったのはすごいですよ！　お疲れ様でしたー」
○のほうに残っていた二人が、肩を落として出て行く。ちょっと悪いことしちゃったな。
「それでは、残ったお姉さん達！　ステージへどうぞ‼」

ロープを張る係だった男が近付いて来て、「ついてきてください」と言った。(ワクワクするねー！)と言う美果さんと一緒に、その後に続いてステージへ上がる。少しでもカメラに顔が写らないように、できるだけうつむいて歩いた。

ステージの真ん中に立たされると、すぐに後藤が、「自己紹介をどうぞ！」と言いながら、私の右側に立っている金髪にマイクを向けた。

「川島省子《かわしましょうこ》です！　一九歳で水瓶座《みずがめ》のA型。望くんのだぁ〜いファンなので、ここまで残れて超ウレシーです‼」

会場から、「マジうぜぇー！」「望君に触《さわ》ったら殺す‼」などの罵声《ばせい》が上がる。それにしてもこの人、よくここまでスラスラ言葉が出て来るなぁ……。続いて私にもマイクが向け

られたので、うつむいたまま、

「村上です」

と、できるだけ高い声で答えた。後藤が、もう終わり？ という顔で私を見上げる。……わー、本当にちっちゃい。（ファンブックには一五五センチって書いてあったけど、絶対一五〇ちょいしかないよねー。かわいいー！）と、美果さんが嬉《うれ》しそうに言った。

「えっと……そんなお二人には、これからジャンケンをしてもらいます。勝った方が優勝ですので、がんばってくださいね！ ではどうぞ！」

後藤が一歩下がり、私は川島省子一九歳と向かい合った。彼女は自信たっぷりな感じで、

「私、グー出すから」

と言った。私はうつむいたまま、彼女に、「そうですか」と答え、同時に頭の中で、『どう？』と美果さんに問いかけた。

（この子はパーを出すよ。どう考えたのか知らないけど、それが川島さんの必勝パターンみたいだねー。可哀想に）

クスリと笑って、美果さんが言う。幽霊は、触れることでその人の考えを読むことができるので——たぶん今、美果さんは手を伸ばして川島省子に触れているはずだ——幽霊と一緒の場合、私がジャンケンに負けることはあり得ないのだ。そのため、園原家では幽霊

ジャンケンが禁止されている。

川島省子が、「じゃあ行くよ!」と拳を前に出した。私もそれにならう。

「最初はグー! ジャンケンポンッ!!」

……もちろん、私が勝った。


「優勝賞品は西　欧のリニューアル前の衣装と、『たいがいにSAY《セイ》・YO《ヨー》』のロケ現場見学権でーす!!」

川島省子が唇をわなわなと震《ふる》えさせながらステージを降りた後、優勝商品の発表と同時に、大きなワゴンでその衣装が運ばれてきた。春~秋に放送された分で着ていた、半袖《はんそで》のシャツとサスペンダー付きのグレーの短パンである。……要《い》らねぇー。

(コラコラ、そんなこと思わないの!)

『だって、こんなのただの古着だし、現場の見学も面倒くさいから行きたくないもん』

(そんな身も蓋もないこと……あ! じゃあこうしたら? あのね……)

頭では美果さんが言うことを聞きながら、優勝の感想を訊く後藤には、「嬉しいです」と答えた。

スピーカーからエンディングテーマが流れ始めて、後藤が終了の挨拶《あいさつ》をしている。数歩下がった所で、会場からの歓声に大きく手を振る彼の後ろ姿を見ていた。いつかニュースで見た、大統領が演説している場面を思い出す。

(神様みたいな気持ちだろうねー。こう、人の頂点に立ってるような)

　と、美果さんが言う。

『こういう経験をした人は、普通の生活に戻れるのかな……』

(どうだろ? 少なくとも、価値観は変わっちゃうだろうね)

　一四歳という若さでこれを味わった後藤望は、これからどんな大人になるんだろう?

　そんなことを思っているうちに、二時間に及ぶクイズ大会は終了した。

　賞品の説明があるから、と、ステージ裏の建物へ連れていかれた。室内は空調が効《き》いていて暖かい……というか暑いくらいだ。ううー、かつらのせいで頭が蒸《む》れる。

　応接室のような部屋へ通され、ロケ見学権についての説明を受ける。明日の朝八時から、この遊園地の隣《となり》にある鳩岡自然公園《はとおかしぜんこうえん》——公園と名が付いてはいるが、ただの森——で行われる撮影を見学できるらしい。……さっき美果さんが考えてくれた話をするのは、今だと思った。

「できれば、祖母に行かせてあげたいんです。その……西洋役の方が、亡くなった祖父の若い頃に似ているらしくて……お願いします！」

美果さんが、（伏《ふ》し目がちに……はい、ここで上目遣《うわめづか》い！）と指示するのに合わせて喋った結果なのか、関係者の方は即快諾《かいだく》してくれた。しかも、「一緒に来てもいいですよ」などと要らぬ優しさまで発揮されたので、

「明日は用事があるので、非常に残念なのですが、私はご遠慮させていただきます」

と、丁重にお断りした。

細かい説明が書かれた紙と、衣装が入った紙袋を受け取って応接室を出ると、私服に着替えた後藤が別の部屋から出て来たところだった。微笑んで近付いて来る。

「あなたみたいにきれいな人が残るなんて、意外だったなぁ。もっと、目も当てられないようなブスが優勝すると思ってたよ」

テレビで見ているのと同じ顔で私を見て、番組内では可愛らしいことしか喋らない口が、そんなことを言った。……別にファンじゃないけど、ちょっとショックだ。

（やっぱり腹黒《はらぐろ》だったぁー‼　絹代さんと賭《か》けてたの。望君が、天然か腹黒か。……どれどれ、ちょっと覗《のぞ》いちゃおうかな♪）

美果さんは嬉しそうに、そう言った。どうやら、後藤に触れて考えを読んでいるようだ。そんなことを知る由《よし》もない彼は、ポケットから水色の携帯電話を取り出した。

「お姉さんきれいだから、アドレス交換してあげるよ」

恩着せがましい言い方に、少々イラつく。

「携帯電話は持ってないから」

そう言った。嘘《うそ》ではなく、本当に持っていない。多機能な物を持っても使いこなす自信がないので、持つ気になれないのだ。

「携帯持ってないなんて、珍しいね！　ねぇ、僕が買ってあげるよ。僕、お姉さんのこと……好きになっちゃったみたいなんだ」

後藤はもう一歩私に近付き、上目遣いで囁《ささや》くように言った。……ゾッとした。

（これが殺し文句なんだって。僕の上目遣いで落ちない女はいない、って思ってるよー。こんなこと思っちゃうところが、子供らしくてかわいい！）

相変わらず楽しそうに、美果さんが言う。

「携帯は要らない。あなたのファンじゃないから」

「……冗談《じょうだん》でしょ？　この番組に、僕以外に見るところなんてないじゃないか」

ずいぶんと意外そうに言う。……どんだけ自信過剰《かじょう》なんだこいつは。

「番組のファンであって、あなたのことはなんとも思ってない」

（うわー、キツイなぁ、八重ちゃん。望君、ショックで脳内パニックになっちゃってるよ

ー）

だったらちょうどいいか、と思い、「それじゃあ」と軽く彼に頭を下げて建物を出た。

片付けが進む会場を通って、クイズの前に祖母と決めた待ち合わせ場所へ向かう。

（もったいないなー。人気アイドルの誘いをけんもほろろに断っちゃって）

『……けんもほろろ、って久しぶりに聞いた』

（あんな美少年を前にしてああいう態度を取れるのは、きっと八重ちゃんだけだと思うよー？）

『そんなことないと思うけど……。まぁ、うちには七重がいるからね』

だから、きれいな顔は見慣れているのだ。きれいな顔を見ても、単に「きれいだな」とか「可愛いな」と思うだけで、特別心を動かされることはない。

お弁当を食べながら待っていた祖母と、一人だけ別行動で遊園地を満喫《まんきつ》していた十郎――三度の飯より遊園地が好きらしい。今日初めて知った――と合流し、みんなで駐車場へ向かう。

途中、美果さんから事情を聞いた祖母は、

「なんてもったいないことを……!!　私のためにアドレスを聞いておいてあげようって考

えには至らなかったのかい!?」

と、散々私に文句を言った後、「明日のロケ現場で聞き出せばいいか」という結論に達した。完全になじられ損である。

十郎が、お化け屋敷の中で本物の幽霊に会った話をしていた時、美果さんが、(ねー、八重ちゃん。あれって、川島省子一九歳じゃない?)と、私を呼び止めた。振り向いて見ると、見覚えのある金髪の女がこっちへ歩いて来る。その後ろには、三人の男が続いていた。

『……なんか私、この後の展開が読めた』

私の考えに、美果さんと十郎が、(私もー)(俺も)と同意する。私は祖母に、「先に車に乗ってて。片付けてから行く」と言って、荷物を渡した。

(高野美果、偵察《ていさつ》に行ってまいりまーす!)

左手に触れていた冷気が離れていく。右手首を掴んでいる十郎が、(おー、走ってく走ってく)と、美果さんの行動を実況し始めた。

(今、先頭の女に触ってる。……今度は後ろの男に触って……ん? もう戻って来るみたいだ。こっちに走って来てる。どうしたんだよ? 全員見なくてよかったのか?)

最後のほうは、戻って来た美果さんにかけた言葉だ。左手に、また冷えた空気が触れる。

（後ろにいるのは、川島省子のお兄さんとその友達ね。省子のほうはただ単に優勝を奪われた悔しさでー、後ろの三人は、賞品の衣装を強奪《ごうだつ》してネットオークションに出品するつもりで接近中ー！）

美果さんの報告を聞いて、思わずため息が漏《も》れた。……そんなことだろうと思ったけど。

『十郎、来い』

軽く目を瞑《つむ》ってそう思うと、美果さんが、（がんばってねー）と言って離れる。息を止めると、右手首に触れていた冷気が一旦離れ、両側から頭を摑まれた。外気とは違う、更に冷えた空気が耳と頭皮に触れる。……夏は涼しくていいんだけど、冬場は結構辛《つら》い。冷気が背骨を駆け下り、ゆっくりと瞼《まぶた》が持ち上がる。（寒いなぁ。今日）という十郎の思考が伝わってきた。

（もう来るよー）

憑依中は、私にも他の霊の声が聞こえ、姿が見えるようになる。十郎が顔を右へ向けると、美果さんが垂れ落ちてきた長い髪を、左手で後ろへサラリと流していた。私を見てニッコリと微笑むその姿は、柔らかな夕焼け色をしている。……幽霊は、死んだ時のままずっと変わらない。眩しい夕日の中で死んだ美果さんの外見は、永遠に二二歳の冬の夕方を留《とど》める。髪型も、服装も、色合いも。

十郎が、近付いて来る一団を真っ直ぐに見る。ずり落ちてきた眼鏡を指で押し上げて、

（そういえば俺、眼鏡かけたの生まれて初めてだ）と思っている。思ったことが全部筒抜けになっているので、こういうどうでもいいことも伝わってくる。……当然、私のその考えも伝わるので、（どうでもいいってなんだよ！）などと返ってくる。以心伝心《いしんでんしん》も、行きすぎると面倒なのだ。

「優勝おめでとう」

三メートルほど離れた所から、川島省子が言った。「どうもありがとう」と返事をする。

「私、二位だったのにー、何も貰《もら》えないのっておかしくない？」

「そういうことは、スタッフの方《かた》に言ってください」

当然の返答だと思ったのだが、省子は気に入らなかったらしい。

「ていうか、アンタなに澄《す》ましてんの!?　どういう状況かわかんないの!?」

眉間にシワを寄せ、すごい剣幕《けんまく》でそう言う。……落ち着けよ、省子。

「わかってるよ。だから、やるなら早くして。人を待たせてるから」

そう言うのに合わせて、十郎が軽く拳を握った。

（女は殴らないからな）

『当たり前だ』

私達が内側でそんなやりとりをしている間に、川島兄妹《きょうだい》はこんな会話をしていた。

「ちょっとマジむかつくんですけど！　お兄ちゃん、さっさとやっつけてよ‼」

「この子すげーカワイイじゃん！　ショタコンなんて、省子みてーなブサイクばっかだと思っ……」

「お兄ちゃん‼」

ベタだなぁ……と思いながら聞いていると、「わかったよ、ウルセーなー」と言いながら兄がこっちへ近付いて来た。一八〇センチ以上は確実にありそうだ。

「貰った衣装あるだろ？　あれをさ、大人しく渡してくれよ、な？　カワイイ子殴るのは気が引けるからさ」

こいつ……女の子を殴ったことがあるのか……？　私のそのムカつきに、十郎が強く拳を握ることで同意した。真っ直ぐに、男を見る。

「渡すつもりは全くない。あと、遠慮も要らないから」

「はは！　すげー度胸《どきょう》！　先に一発殴らせてやるよ。ホレホレ、殴ってみー？」

川島兄がそう言って両手を広げたので、十郎が、（それじゃあ、お言葉に甘えて）と思いながら、私の体を見下ろしてニヤついている川島兄の顎《あご》に、右アッパーを叩き込む。衝《しょう》撃《げき》で彼の体が軽く浮き上がり、そのまま仰向《あおむ》けに後ろへ倒れた。白目をむいて、体をビクビクと痙攣《けいれん》させている。

（やべ、折っちゃったかも）

　倒れた川島兄に近付いて、十郎がそう思った。鈍くなった私の感覚ではわからなかったが、十郎は拳を通して骨の軋《きし》みを感じたらしい。のびている男の顔を見下ろす。……確かに、顎の形が少し不自然な感じになっている。あーあ……。

「早く病院に連れていったほうがいいと思うよ。たぶん、顎の骨、折れてるから」

　まばたきを忘れたように目を見開いている川島省子にそう言うと、慌《あわ》ててポケットから携帯電話を取り出した。話の内容からすると、救急車ではなく、友達を呼んでいるようだ。十郎が、呆然と突っ立っている他二名を見たのに合わせて、「まだやる？」と訊くと、彼らは何も言わずに首を横に振った。賢明な判断だ。

「もう行ってもいい？」

　携帯電話をしまった川島省子にそう訊くと、彼女は無言で何度もうなずいた。十郎は、（ちょっと可哀想だな……）と思いながら、祖母が待つ車のほうへ歩き出す。少し離れた所で見物していた美果さんも、隣に並んだ。

（じゃあ、俺もう抜けるから）

　そう思って、十郎が息を止め、体から出ていく。背骨に張り付いていた冷気が頭の天辺《てっぺん》から引き抜かれるような感覚に、ブルッと頭を振ると、三つ編みが背中で波打ってくすぐったかった。全身の感覚がクリアになり、外気の寒さが身に染みる。……しまった。車に乗るまで憑依させておけばよかった。

車へ戻ると、祖母がノートパソコンを開いて何かをしていた。後部座席には賞品の衣装が広げられ、パソコンにはケーブルでデジタルカメラが接続されている。……これって……


「ばあさん、もしかしてこの衣装……」

「もちろん、売るのよ」

画面を見つめたまま、祖母はあっさりそう答えた。

「なんで!?　要らないの!?」

「衣装なんて、見てもなんとも思わないでしょう?　私が好きなのは美少年自体であって、洋服じゃない。物は所詮《しょせん》物でしかないの。わかる?」

そんな持論を展開しつつ、祖母はひたすらキーボードを叩く。

「要らないなら捨てればいいのに……。お金、腐るほど持ってるんだから」

「何言ってんの!　お金になるってわかってる物を捨てるのは、お金を捨てるのと一緒じやない！　そんなもったいないことしたら罰《ばち》が当たるよ!!」

……だそうです。結局この衣装は、川島兄に奪われても奪われなくても、ネット上で売られる運命だったのか……。もちろん、布に感情などないのだが、なんだか哀《あわ》れに思った。

……売られた先で、大事にされるといいけど。

2

車から降り、離れ――純和風の平屋で、祖母の部屋と日本画のアトリエがある――へ向かう祖母と別れて、母屋《おもや》の玄関を開《あ》けた。タイル張りの玄関に、いつもよりたくさんの靴《くつ》が並んでいる。これらの靴には見覚えがあった。どうやら、私に印税をもたらしているバンド・AUBE《オーブ》のメンバーが来ているらしい。

「八重《やえ》ちゃんお帰……え？　八重ちゃん？」

出迎えに来た青山《あおやま》晃《あきら》が、変装している私を見て首を傾《かし》げた。

「ただいま。ちょっと訳有《わけあ》りでね」

靴を脱ぎ、元通り八番の箱に入れて下駄箱《げたばこ》にしまう。青山と一緒にリビングへ入ると、ソファーに座っていた灰色の髪の男が振り向いた。

「なんだそれ⁉ なんかのコスプレか⁉ あ、写真！ 写真撮らせてくれ‼」

これは、小西《こにし》兄弟の弟・亘《わたる》。

「落ち着きなよ、亘。……お帰り、八重ちゃん」

今私のほうに軽く手を上げて見せた、亘の向かい側のソファーに座っているのが、兄の保《たもつ》さんだ。


ここで、この三人について簡単に説明しておこうと思う。

まず、青山晃。ヴォーカルと作詞を担当している。耳に心地よい柔らかな声で、歌唱力も高い。彼は八歳の頃からモデルとして雑誌で活躍しており、二三歳の現在も、音楽活動の合間を縫《ぬ》ってモデルの仕事を続けている……というよりは、モデルの仕事の合間に音楽活動をやっている感じだ。彼の外見は、七重《ななえ》と比べても見劣りしないほどきれいなので、モデル業が忙しいのもうなずける。

事務所の徹底した情報管理の結果、世間ではクールな美青年だと思われている青山だが、実際の彼は、鬱陶《うっとう》しいほど熱い心《ハート》を持った超弩級《どきゅう》のお人好《ひとよ》しである。

次に、小西亘。ベース担当の二七歳。彼は、可愛《かわい》い女の子と制服をこよなく愛する、変態煩悩《ぼんのう》青年である。顔が似ている兄との差別化を図《はか》るため、髪を灰色に染め、同じ色のカラーコンタクトレンズをしている。十郎《じゅうろう》は、（あいつはベースパートをすげぇ速さで作れるし、本当に上手《うま》く曲に深みを付けてくれる。もっと世間に認められるべきだ）などと言うのだが、私はそれほど音楽に詳《くわ》しいわけではないので、よくわからない。……なにより、あの阿呆《あほう》な男にそんな能力があるなんて信じられないし。

亘は他になんの仕事もしていないので、暇を持て余しており、週二のペースで私の家に遊びに来ている。祖母に雑用を押しつけられたり、母とゲームの対戦をしたり、父の料理を手伝ったりと、見事に我《わ》が家《や》に溶け込んでいる。


最後に、小西保。ドラム担当の二八歳。彼は、亘に誘われて人数合わせのためにAUBEに加わったので、ドラムはそれほど上手くない。彼は、「最近、ドラムマニアの難しい曲がクリアできるようになったんだよ」と喜んでいたのだが、プロのドラマーってそんなのでいいのか……？

保さんは相当な格闘技《かくとうぎ》オタクで、キックボクシング、テコンドー、ムエタイ、カポエラ、ジークンドーを習得している。仕事そっちのけで稽古《けいこ》ばかりしているので、無駄に強い。もし、一番強い人間が総理大臣になる、という法律があったら、間違いなくこの人が総理大臣だと思う。

格闘技の他には、無意味ないじわるをするのが大好きで、カルピスの原液をかけたご飯を、「お粥《かゆ》だよ」と言って病人に食べさせたり（十郎・談）、靴の中にそっとマシュマロを入れておいたり（青山・談）、ボディーソープの中身を台所用洗剤と入れ替えたり（亘・談）するのだ。私も、炭酸飲料を振って渡されたり、栗どらやきの栗を梅干しに入れ替えられたりしたことがある。彼がこのようなことをするのは、単にいじわるをすることが好きなのであって、特に理由はない。だから、防ぎようがないのだ。……誰かなんとかしてください。

保さんは自分のことをあまり話さないので、本当は幾《いく》つ格闘技を習っているのか誰も知らない。普段何をしているのかも不明だ。訊《き》けば、「稽古だよ」と答えるのだが、なんだか嘘《うそ》っぽい。保さんは、私の周りで一番得体《えたい》の知れない人なのだ。

三人に、さいたまワンダーランドでクイズ大会があって、祖母の命令で変装して参加したのだと説明をしながら、かつらと眼鏡《めがね》を外《はず》した。ずっとかぶっていたから、地毛がペタンコになってしまった。元のボリュームに戻すべく、手櫛《てぐし》で髪を掻《か》き上げる。

「『たいがいにSAY《セイ》・YO《ヨー》』って、後藤望《ごとうのぞむ》くんが出てる番組だよね?」

青山が訊いてきたので、「そうだけど、知ってんの?」と訊き返す。

「だって、同じ事務所だもん! ボクの後輩だよ!」

青山は、ニッコリ笑ってそう答えた。

「……あんたんとこの事務所って、性格に問題ある奴《やつ》しか所属できないの?」

「え? ちゃんと挨拶《あいさつ》してくれるし、いい子だよ?」

どうやら、青山は本当にそう思っているらしい。いいようにあしらわれてるんだよ……と思いながら、「へー、そうなんだ」と笑顔で答えた。そのやりとりを見た小西兄弟が、

「あの弟役の奴、うちの事務所だったんだなー。兄ちゃん知ってた?」

「いや、知らなかった。僕は滅多《めった》に事務所に行かないからねぇ」

「オレも、二か月に一回行きゃいいほうだからなー」

という会話をしていた。……こいつらは、本当に所属しているのか疑わしい。


自室へ戻り、服を着替えてリビングへ戻ると、亘がいなかった。テーブルにデジタルカメラが置きっ放しだったので、さっき写していた私の画像データを消去してから、そっと

元に戻す。ソファーに座って、「で、亘は？」と訊くと、家族本棚からファミ通《つう》を出して読んでいた保さんが、

「絹代《きぬよ》先生に呼ばれて、離れの電球を換《か》えに行ったよ」

と答えた。……今日も立派に園原《そのはら》家の雑用をこなしているらしい。

「先に仕事の話、始めてようか？　遅くなっちゃうから」

青山が書類ケースを持って立ち上がったので、うなずいて十郎を呼んだ。


仕事の話は、いつも私の部屋でする。私は十郎を憑依《ひょうい》させた状態で話し合いに加わり、十郎が頭に言葉を思い浮かべるのとほぼ同時に、それを声に出して伝えるのだ。

亘は話し合いそっちのけでベースパートの楽譜《がくふ》作りをしている場合が多く、保さんは、「これはちょっと難しくてできないと思う」とかいう意見を言うだけで、私の机にある教科書や雑誌を読んだりしているので、話し合いは主に青山と十郎の二人で行われる。

そういうわけなので、亘がいなくても話し合いに支障はなかった。いつも通り、二人の話し合いで決定事項が片付いていく。

「オーイ！　なんでオレをハブるんだよ!?　オレのこと嫌いなのか？　なぁ、オマエらオレのこと嫌いなのか!?」

ノックもせずに扉を開けて入って来た亘が、壁に立てかけてある十郎のギターを持って、「今日オレはー仲間にーハーブーられーたぁー　オレのー世間もー鬼ばーかりぃー♪」と即興《そっきょう》で歌い出す。完全に無視を決め込む十郎と保さんとは対照的に、「ごめんね亘くん！　嫌いじゃないよ‼　大丈夫《だいじょうぶ》だよ‼」と必死にフォローをする青山。……ある意味、バランスの取れたメンバーなのかもしれない。

亘に続いて部屋に入って来た父が、手作りのシフォンケーキと紅茶を持って来てくれた。保さんが、普段は折《お》り畳《たた》んで壁に立ててあるローテーブルを手際《てぎわ》よく設置し、父がそこにトレイを置く。父は、「いいねぇ、賑《にぎ》やかで」と微笑《ほほえ》みながら、「終わったら声かけてね。すぐご飯にするから」と言って、一階へ戻っていった。

ケーキを食べて亘が落ち着いたところで、話し合いが再開された。今回は、今度出るべストアルバムに入れる曲の選択と、ボーナストラックをどうするか、という話をしていたのだが、ボーナストラックがなかなか決まらなくて難航《なんこう》していた。

「亘くん、何か意見ない？」

「ない！」

青山の質問に、亘が間髪《かんはつ》入れずそう答える。

「亘、こういう時は、少しくらい考える素振《そぶ》りを見せなきゃだめだよ」

保さんが、読んでいた雑誌を閉じて亘にアドバイスをすると、亘は、「あー、そっか。今度からそうする」と言ってうなずいた。

「……そういうやりとりは、もっと静かにやれ」

十郎の考えを言葉にする。……今のは、私も全く同じことを思った。

「でもさー、いつもこういうのって、社長が考えてたよなぁ？　今回は考えてくれなかったのかよ？」

亘は、床《ゆか》に広げられた資料の上にダラリと寝転び、青山にそう訊いた。最後の一切れを口に運ぼうとしていた青山の手が、空中でピタリと止まる。

「なんにも……聞いてないよ？」

ケーキが刺さったフォークを再び皿の上へ戻し、青山がぎこちなく微笑んだ。

「……オマエ、なんか隠してるだろ？」

当然のように詰め寄った亘に、青山は千切《ちぎ》れそうなほど首を横に振ってみせる。

「かかかか隠してないよ!!」

「ラッパーかオマエは！　バレバレなんだよ！　言えよホラ!!」

亘は両手で青山の顔を挟《はさ》み、ギューッと力を入れた。さすがにこうされると、青山もブサイクになる。……変な顔。

「痛い痛いっ！　わかった！　言うからぁ!!」

それを聞いて、亘が手を離す。青山は頬《ほお》をさすった後、両膝《りょうひざ》を抱《かか》えてうつむいた。

「ボーナストラックとして、一曲ボクが作ってみたらどうか、って……」

「作曲ってことか？」

亘が訊き返すと、うつむいたまま、青山が小さくうなずく。

「それでいいじゃねーか！　そうしよーぜ」

仕事が片付いた、と笑顔を見せる亘とは対照的に、青山の表情は暗いままだ。

「でもそんなのって……まるで……」

独《ひと》り言《ごと》のように、そうつぶやく。

「なんだよ？　嫌《いや》なのか？　オマエ、いつかは作曲もできるようになりたい、って言ってたじゃねーか」

亘が声をかけても、青山は黙ってうつむいている。ずっと黙っていた保さんが、ティーカップを置いて青山を見た。

「十郎君にはもう頼るな、って言われてるような気がしたんだね？」

「……うん」

青山がこっちを見る。私……の中にいる、十郎を。顔の筋肉の動き方で、十郎が微笑んだのがわかった。

「俺も、それやったほうがいいと思う」

彼の考えを伝えると、青山が泣きそうな顔をした。十郎は少し笑って、続ける。

「社長は、そんなつもりで言ったんじゃねぇよ。たぶん。……もし俺が八重と会わなくて、こうやって曲作ってなかったら、お前、歌うのやめてたのか？　音楽って、そういうもんじゃねぇだろ？」

自分で自分の名前を口にしたので、変な気分だった。それでも、十郎の考えには同意できる。

「そう……ですけど……」

青山は目を伏せ、また膝を抱える。体育座りが似合う奴だなぁ、と思った。十郎はうつむいたままの青山を見て、困ったように笑う。

「今の状態のほうが不自然なんだ。ホントなら、お前は俺が死んだ時に、もう一歩先へ踏み出してたはずだ。……社長はきっと、そろそろお前の背中を押してもいい頃だと思ったんだろ」

私がそう言い終わると、十郎は右手でうなじを掻いて、（声に出されると恥ずかしいな……）と思う。クサイ台詞《せりふ》だという自覚があるなら、是非《ぜひ》とも改善してもらいたいものだ。

「言うことがクセーよ、十郎！　オイ、青山！　深く考えずに作りゃいいんだよ。オレの天才的なアレンジが加われば、どんな駄作《ださく》も格好《かっこう》いい曲になるから、安心して励め!!」

亘が、ニィ、と笑って青山の肩を叩《たた》く。（これって、暗に俺の曲が駄作だって言ってんのか……？）と思う十郎に、『考えすぎだろ』と答えた。

「みんなありがとうっ!!　ボク、一生懸命がんばるから!!」

うつむいて震えていた青山が突然立ち上がり、左の拳《こぶし》を頭上に掲げて言った。亘が鬱陶しそうな顔をして、「わかったわかった。わかったから座れ」と、青山の服を引く。……しかし、燃え上がった彼の魂《たましい》はなかなか落ち着きを取り戻さず、今後自分がどのように頑張っていくのかを、しばらくの間、熱く語り続けた。

他三人がグッタリしてきた頃、青山はようやく喋《しゃべ》るのを止《や》め、上機嫌《じょうきげん》で書類を片付け始めた。全員が全く同じタイミングでため息を吐《つ》く。十郎が、（じゃあ抜けるから）と思い、すぐに憑依が解かれた。体の操縦権が、二時間ぶりに戻ってきた。

「あー、しんどかった」

左手の指で眉間《みけん》を軽く揉《も》みながら、右手でティーカップを持ち、冷《さ》めきった紅茶を飲む。……夢を熱く語られることがこんなにも辛《つら》いとは思わなかった。本人に悪気がない分、余

計にタチが悪い。説教のほうがまだマシだ。

「そういえばオマエ、二六日から沖縄《おきなわ》なんだろ？」

ダラダラと床に寝転んでいる亘が、顔だけをこっちに向けて言った。

「そうだけど……なんで知ってんの？」

確かに、二六日～二九日まで、修学旅行で沖縄へ行く。しかし、それをこいつに言った覚えはなかった。

「大奥さんからメール来たからさー」

亘は銀色の携帯電話――こいつは見る度《たび》に違う機種を持っている気がする。機種変更のしすぎだ――を取り出し、「二六日から二九日まで八重が沖縄に行きます、って」と、祖母からのメールを読み上げた。

「僕にも来たよ」

「あ、ボクもー！」

……保さんと青山にも同じメールが送信されたらしい。うちの祖母には、孫のプライバシーを尊重しようという気持ちがまるでない。自分の得た孫に関する情報を全て開示していく方針なのだ。嫌がらせだとしか思えない。

「どこに行くか、もう決まってるの？」

書類ケースを脇《わき》に置いて、青山が訊いた。

「うん。ハブ博物公園に行こうと思ってる。ハブとマングースの戦いがホントに見られるんだって」

その他にも、巨大なニシキヘビを触《さわ》ったり、体に巻いて記念写真を撮ったりできるらしい。蛇《へび》は、無駄な物が削《そ》ぎ落とされたシンプルな姿をしているので、結構好きなのだ。

「ハブ対マングースかー。いいなー。マングース持って帰ってきてくれよ」

体を起こして亘がそう言うと、青山が必死な顔で、

「ダメだよ亘くん！　長い時間飛行機に乗せるのはカワイソウだよ！」

と言った。……そういう問題じゃないだろ。

保さんは、カップの底がザリザリするほど砂糖を入れた紅茶を飲みながら、静かに馬鹿《ばか》二人の会話を聞いていた。……見ているこっちが胸焼けする。甘い物好きも、ここまでいくと病気だ。

夕飯の後、三人を見送るために庭へ出た。相変わらず曇《くも》っていて、月も星も見えない。空気が冷えていて、吐く息が白かった。上着を持たず、薄着で遊びに来ていた亘が、この寒さに耐えられなかったのか、車まで全力で走る。ドアを開けようとしてロックされてい

ることに気付き、こっちを向いて悲痛な顔で叫んだ。

「早く開けろよォ！　死ぬ！　寒死《さむじ》ぬ!!」

車の鍵《かぎ》を持っている保さんが、「おもしろいから、もう少し放っておこうか？」と、実に楽しげに私に笑いかける。

「……早く開けてやってよ。庭で凍死されたら、死体の処理に困る」

そう返事をすると、彼は、「わかった」とうなずいて、小走りで車へ向かった。玄関の開く音で振り向くと、紐靴《ひもぐつ》を履《は》くのに手間取っていた青山が、ようやく出てきたところだった。

「曲ができたらまた来るね！　一番に、十郎さんに聞いてもらいたいから」

並んで車まで歩く。私を見て微笑む、作り物のような顔を見た。

「……ホントに十郎のこと尊敬してるんだな」

「もちろん！　初めて十郎さんのギターを聞いた時、上手く息が吸えないくらい感動したんだ。この人が作った曲を歌いたい、って思った。……十郎さんは、ボクにボクだけの歌をくれた、神様みたいな人だよ」

目をキラキラさせてそう語る青山を見て、昔読んだ漫画の、クサイ台詞を言おうとすると出てくる妖精のことを思い出した。……ああ、現実世界にもあいつが出て来ればいいのに。出て来て、私のこの鳥肌《とりはだ》をどうにかしてほしい。

家の門を出ていく車を見送りながら、「十郎」と呼んでみた。やはり近くにいたらしく、左手首に冷気が触れて、(んー?)という声がした。

『本当は寂しいと思ってるんじゃないの? 作曲のこと』

少し、風が出てきた。ゆっくりと雲が流れ始める。これなら、明日は晴れそうだ。

(寂しくないって言ったら嘘になるけど……でも、別れはいつか来るんだ。それは、きっとあいつらもわかってる)

十郎の声を聞きながら、玄関のドアを開けた。

私は、今の生活を楽しいと思う。ずっと続けばいいと思う。でも、いつかこの日々にも終わりが来るんだって、なんとなくわかってる。……あとどのくらい、このままでいられるんだろう?

(心配するな。お前が必要ないって思うまでは、ずっと傍《そば》にいる)

私の気持ちを読み取って、十郎が言う。照れくさかったので、冷気を振りほどき、急いで中へ入った。鍵を閉める私の隣《となり》で十郎が小さく笑う気配がする。急いだのに、間に合わなかったらしい。

『ありがとう』という気持ちが、伝わってしまった。

3

一一月二三日、日曜日。快晴。

美味《おい》しそうな甘い匂《にお》いで目が覚めた。壁の時計は、午前九時ちょうどを指《さ》している。休日なのでもう少し眠っていてもいいのだが、せっかく目が覚めたので起きることにした。

顔を洗い、着替えてから階段を下りると、玄関に父がいた。私の足音に気付いて振り返る。

「父さん、おはよう」

「おはよう、八重《やえ》。これから勉強会なんだ」

そう言って、靴《くつ》を履《は》く。父は料理の腕が半端《はんぱ》じゃなくいいので、以前働いていたお店の後輩だった料理人が開いている勉強会に、講師としてよく招かれるのだ。

「ケーキクーラーに乗ってるパウンドケーキは食べていいけど、冷蔵庫に入ってるのは食べちゃだめだよ。じゃあ、行って来るね」

「はーい。いってらっしゃい」

玄関のドアが完全に閉まるまで、手を振って見送った。

キッチンへ入ると、よだれの出そうな匂いが室内に充満していた。ケーキクーラーに乗っているパウンドケーキからは、まだホカホカと湯気が出ている。あー、いい匂い！　この匂いだけで、牛乳三杯くらい飲めそう！

「八重ちゃーん。ケーキ切るなら、母さんの分も持ってきてー」

リビングから、母の声が聞こえた。リビングダイニングとキッチンがL字型に繋《つな》がっているので、キッチンから顔を出すと、リビングが見える。母はこっちに背を向けたまま、今日も朝から拳銃型《けんじゅうがた》コントローラーをぶっ放《ぱな》していた。「どのくらい切る？」と訊《き》くと、

「親指の第一関節くらいまでの厚さで、二切れ。あ、あと冷蔵庫にクロテッドクリームがあるから、それも添えてね」

という答えが返ってきた。もちろん、ゲーム画面を見つめたままである。

ケーキナイフでパウンドケーキを切ると、切り口から甘くて香《こう》ばしい匂いがした。生地にキャラメルが混ぜてあるのだ。端のカリカリした部分を自分の皿に切り分けて、母用の二切れを別の皿に乗せる。更《さら》にもう一切れ自分の皿に乗せ、両方にクロテッドクリームを添えた。

「切ったよ」

食卓に皿を置いて母を呼ぶと、振り向いて、「私、コーヒー」と言った。……はいはい。

コーヒーのマグカップと牛乳のグラスを持って戻ると、母が食卓に着いて待っていた。

リモコンでテレビのチャンネルをニュースに切り替え、マグカップを受け取る。

「ありがとう。それじゃあ、いただきましょうか」

「うん、いただきます」

フォークで切り分け、ケーキを口に運ぶ。中はしっとりで外はサクサクだ。香ばしい匂いが鼻に抜けていく。こんなに美味しい物を作れる父を、心から尊敬する。

ニュースで週間天気予報が流れている。沖縄《おきなわ》には、ずーっと太陽のマークが付いていた。

「晴れるみたいね」と母が言う。暖かいんだろうなぁ……。早く行きたい。

祖母と美果《みか》さんは、七時半に家を出て撮影を見に行ったのだ、と母が教えてくれた。父は勉強会だし、七重はまだ眠っている。アナウンサーの声と、フォークが立てる小さな音……とても静かな朝だった。

ケーキを食べ終え、母と一緒に沖縄のガイドブックを見ながら、「これは美味しそう」「これ買ってきてほしいな」などと話していたら、点《つ》けっ放《ぱな》しだったテレビから、「たった今入ったニュースです」というアナウンサーの声が聞こえた。なんだろう、と思い、二人で画面を見る。

「埼玉《さいたま》県の鳩岡自然公園《はとおかしぜんこうえん》で、特撮番組のロケ中に爆発事故が起こり、撮影スタッフに数名の負傷者が出ている模様です。負傷者の名前や詳《くわ》しい情報はまだわかっておりません。新しい情報が入り次第お伝えします。繰り返します。埼玉県の……」

　母が何も言わずに立ち上がり、庭に面した窓を開《あ》けて外へ出る。靴も履かずに庭を走り、離れへ入っていった。母が走ってるの、久しぶりに見た……とか思っている場合じゃなかった。このニュースで言われているのは、どう考えても、『たいがいにＳＡＹ《セイ》・ＹＯ《ヨー》』の撮影隊のことだ。祖母も怪我《けが》をしたかもしれない。……そうだ！　携帯電話！

　電話機に登録されている番号から、祖母の携帯番号を選んで受話器を上げた。呼び出し音は鳴らず、「電波の届かない場所にあるか、電源が切られています」というアナウンスが聞こえた。……クソッ!!　こんなことなら、昨日《きのう》後藤望《ごとうのぞむ》の番号を聞いておけば良かった！

　玄関が開く音がして、母が駆け込んで来る。

「お母さんと連絡ついた？」

私が首を横に振ると、母は、「電源切ってるか……。撮影中だもんね」とつぶやき、階段を上がる。物音で目を覚ましたらしい七重《ななえ》が、パジャマのまま廊下に出て来た。

「……どうしたの？」

「七《なな》ちゃん、今日はずっと家にいて！　八重ちゃんは出かける用意！」

母はそう指示を出し、自室へ入った。私も部屋へ戻ると、七重が入って来て、「なんなの？」と訊く。撮影現場の事故について話しながら、上着を着た。

「八重ちゃん、行くよ！」

母が廊下からそう呼びかけて、階段を下りていった。「死なないようにね」と手を振る七重にうなずいて、私も母を追って外へ出た。

庭でスルフィ――うちで飼っている、雑種の大型犬――と遊んでいた十郎《じゅうろう》も連れて、走る母を追いかける。苦しそうに息を切らした母が立ち止まったのは、家から一〇〇メートルほど先にある月極《つきぎめ》駐車場だった。……どうするつもりだろう？　母は運転免許を持っていないのに。

「小沢《おざわ》くーん！　いるんでしょー？」

母は、一番奥に停《と》めてある小さな黄色い車の前に立ち、奥のコンクリート塀《べい》に向かって叫んだ。

(あ、塀を通り抜けて男が出て来た。亜美《あみ》さんに手ぇ振ってる)

私には見えないが、十郎がそう教えてくれた。母が車の鍵《かぎ》を開けながら、その幽霊《ゆうれい》を手招く。

「埼玉の鳩岡公園までお願い。着いたらすぐ代わってね」

(あ、憑依《ひょうい》させた)

何ィ――――!? まさか、無免許で運転するつもりか!?

「よォ! 俺、小沢潤《じゅん》。ヘイ! 早く乗れよドーター! 一緒に風になろうぜ!!」

「嫌《いや》だよ! 無免許だろうが!!」

「亜美が持ってなくても、俺が持ってるからノープロブレム!」

「んなわけないだろっ!! それに、お前はなんなんだよ!?」

車に乗り込んだ母……じゃなくて小沢は、私の質問には答えず、手を伸ばして助手席のドアを開けた。

「まぁまぁ、ちょっとここ、見てみろよ」

そう言って天井を指差すので、頭を下げ、上半身を車の中へ入れ……た途端《とたん》に腕を引っ張られる。前に倒れた体を小沢が支えて、そのまま車に引きずり込まれた。ドアも閉まってないのに、車が急発進する。

「オイオーイ！　こんなのに引っかかってたらすぐヤラレちゃうぜ？　ドーター」

「うるさい、黙れ!!　あと、ドーターって言うな！」

母の体じゃなかったら絶対殴《なぐ》ってやるのに……!!　バタつくドアを閉めてシートベルトをした。「十郎、いる？」と訊くと、小沢が後部座席を見て、「あー、やっぱお前、田村《たむら》十郎か！」と言った。

「どっかで見たことあると思ったんだよー。AUBE《オーブ》のギター弾《ひ》いてた奴《やつ》だろ？」

「ちょ……っ！　前見ろ、前!!」

「オーイ！　俺を舐《な》めんなよ？　ここら辺の道は、目ぇ瞑《つむ》っても走れるぜ。ホラ」

「わ――!!　瞑るな馬鹿《ばか》っ!!」

本当に目を瞑って運転し出したので、慌《あわ》てて止めた。こ……こんなところで死んでたまるか!!

「んだよー、ノリ悪《わり》ぃなー。まぁいいや。真面目《まじめ》に走ってやるよ。だから……」

ぐん、とスピードが上がる。座席に押し付けられるような感じ。何キロ出てんだ、これ!?

「ちゃんと黙って摑《つか》まっとけよ!!　舌嚙《か》んで死んでも知らねーぜ!!」

小沢の運転技術は、想像を絶するものだった。一体、何台のパトカーを撒《ま》いたのだろう？　次第にどうでもよくなってきた頭で、ハリウッド映画みたいなカーチェイスって、日本の一般道でもできるんだなぁ……と思った。あははは、おーもしろーいなぁー。

鳩岡公園付近の道路は、報道関係の車や野次馬《やじうま》の車で渋滞《じゅうたい》していた。さすがにこう混んでいては、小沢も無茶な運転をしないのではないか、と思ったのだが、甘かった。カステラを蜂蜜《はちみつ》に浸《ひた》して食べるくらい、考えが甘かった。

渋滞が動かないと見ると、小沢は急にハンドルを左へ切った。ガクンガクンと揺れ、車が縁石を乗り越える。そのまま歩道を突っ切り、枯れ草が生《お》い茂《しげ》ったなだらかな斜面を、猛スピードで走り始めた。車の下から、車体と草が擦《こす》れる音がする。真《ま》っ直《す》ぐ座っているのに視界が傾いているので、平衡《へいこう》感覚がおかしくなりそうだ。喋《しゃべ》ると舌を噛みそうなので、文句も言えない。

しばらく走ると、公園の手前で警察が道を封鎖《ふうさ》していた。通行止めのロープが張られていて、その奥に数台のパトカーと救急車が止まっている。当然、こんな斜面までロープは張られていないので、小沢はそのまま封鎖の内側へ入った。

「このへんでいいだろ。よ……っと」

そうつぶやいて斜面を下り、再び縁石を乗り越えて道路に戻る。パトカーと救急車の隙《すき》間《ま》に滑り込み、停車した。

「じゃあなドーター！　楽しかったぜ‼」

ウィンクをして、小沢が車を降りる。私も急いで車を降りると、既《すで》に憑依が解けたらしい母が、

「助かったわ、小沢くん。……うん、またね」

と言いながら、誰もいない方向に手を振っていた。

「ちょっと何考えてるんですか！　こっち来て免許証を見せなさい！」

車から鞄《かばん》を取り出した母に、若い警官が近付いて来て言った。斜面を走る車を追って来た数人の警官も追い付き、すっかり周りを囲まれてしまう。

「……どうするの？」

母の隣《となり》に立って小声で訊くと、「いいから」と言って微《ほほ》笑《え》んだ。こんな状況なのに、全く動じていないのが不思議だった。……何か秘策でもあるのだろうか？

母は一歩前に出ると、すぅ、と息を吸い込む。

「園原《そのはら》の者です！　道を空《あ》けなさい‼」

強い口調で、ハッキリとそう言った。「はぁ？　何言って……」そう言いかけた若い警官を押《お》し退《の》けて、中年の男が出て来た。制服ではなく、スーツを着ている。

「部下が大変失礼をいたしました！　こちらへどうぞ」

彼は母に深く頭を下げてから、ビシッと敬礼をして、部下に道を空《あ》けさせた。

（……どうなってんだ？）

右手首に触れて、十郎が言う。そんなのこっちが訊きたい。母は割れた人垣の間を、当たり前のように通り抜ける。私も急いで後を追った。

公園の中に入ると、撮影スタッフ達が警察に事情を説明していた。番組内で見たことのある役者の姿もあった。……あ、西《にし》洋《ひろし》だ！　あーあ、衣装がドロドロになってる。

「……だから、知らないって言ってるだろ!?」

聞き覚えのある声に振り向くと、後藤望が警官を睨《にら》み付けていた。警官に事情を訊いている母から離れて、後藤の隣に立って顔を顰《しか》めている美人に声をかける。

「敏子《としこ》さん。お久しぶりです」

「八重！　来たのか！」

こっちに歩いて来るこの長身の女性は、AUBE《オーブ》と後藤望が所属している事務所の敏腕《びんわん》女社長で、松下《まつした》敏子さんという。

「朝からここに？」

「いや、呼び出されて今来たばかりだ。……絹代《きぬよ》さん、見学に来てたんだって？」

何度か家に遊びに来たことがあるので、敏子さんも祖母を知っている。「はい。連絡が取れなくて」と答えると、「そうか……心配だな」と、背中を撫《な》でてくれた。

「あれは何を怒ってるんですか？」

後藤を指差して訊くと、彼女は髪を掻《か》き上げて、面倒くさそうに言った。

「よくわからないんだが……爆破シーンを撮った後に、メイクの女の子があいつの髪を直しに行ったんだ。そうして戻って来た途端、気が触れたみたいに暴れ出したらしい。……それで、あいつが何か逆鱗《げきりん》に触れるようなことを言ったんじゃないのか、と疑われているわけだ」

「じゃあ、負傷者っていうのは、爆発で怪我したんじゃないんですね？」

「ああ。みんなその女の子にやられた傷だ。……酷《ひど》いもんだぞ。折れた骨が脛《すね》から飛び出してる奴もいたからな。格闘技《かくとうぎ》を習っているわけでもない、ごく普通の女の子らしいが……どこにそんな力があったんだろうな」

そこまで話したところで、敏子さんは警官に呼ばれて戻っていった。

ごく普通の女の子が、気が触れたみたいに……か。

『これって、霊の仕《し》業《わざ》だと思う？』

（絶対そうだと思う）

十郎が、キッパリとそう言い切る。訊かなきゃ良かった。

「八重ちゃん！　これは、悪霊《あくりょう》の仕業に間違いないわ。状況からすると、動物霊ね」

戻って来た母が言う。……決定打だ。

私は、以前一度〝悪霊〟と呼ばれる類《たぐい》の霊と戦ったことがある。悪霊は人に憑依しても痛みを感じないらしく、殴ってもすぐに起き上がり、また向かって来た。容赦《ようしゃ》なく殴り、肉体を気絶させない限り、取り憑かれた人間は止まらないのだ。

「十郎くん。ここからお母さんの気配って感じる？」

（……いえ。こっちに向かってる人の気配は幾《いく》つか感じるけど……その中に絹代さんはいないみたいです）

〝気配〟というのは、幽霊になると備わる能力で、自分の近くにいる人や霊の存在を察知する能力である。慣れてくると、個々の気配の〝感じ分け〟ができるらしく、誰が近付いて来るかもわかるのだそうだ。十郎は、自分を中心とした半径五〇メートル強の範囲内にある気配を感じられる。ということは、祖母はそれよりも遠くにいるということだ。

「どうする？　十郎が気配を感じるまで、とりあえず歩き回ってみようか？」

生い茂る木々の奥をじっと見つめている母に、そう話しかけた。しかし母はそれに答えず、鞄から市松模様の巾着袋《きんちゃくぶくろ》を取り出して、私の上着のポケットに押し込んだ。

「なんなの……？」

母が私の両肩を摑《つか》む。すがるような目で、私を見た。

「お願い。お母さんを助けてあげて」

これは、私にかけられた言葉じゃない。ごく自然に、そう思った。

体の中心から、ブワッと冷気が広がっていく。周囲のざわめきが急激に遠のき、音がぼやける。深い水の底から、微《かす》かな地上の音を聞いているような感じだ。……この感覚に襲《おそ》われるのは、これが三度目だった。

私の意志とは無関係に、体が走り出す。目の前の植え込みを飛び越え、すごいスピードで木々の間を走り抜ける。背後から私を呼ぶ十郎の声が聞こえても、私の体は振り向かずに走り続けた。ただ一直線に、祖母の元へ向かう。……この冷気の正体がなんであれ、祖母を思う気持ちは、私と変わらないらしい。

数十秒後、メイクさんを発見した。髪はめちゃくちゃに乱れ、足には赤黒い痣《あざ》がたくさんできている。それでも、ニタァ、と笑って、こっちに右腕を伸ばした。その手首が、おかしな方向に曲がっている。……殴った衝撃《しょうげき》で折れたのだろう。痛みを感じないということは、こういうことなのだ。

その姿を見ても、私が走るスピードは全く緩《ゆる》まなかった。むしろ加速して、真正面から彼女に向かっていく。このまま体当たりするつもりなのか？　と思ったのだが、そうではなかった。

私の左手が上がり――まるで、邪魔《じゃま》な虫を払うような軽さで――右から左へ、スッと動いた。手の動きに合わせて、触れてもいないのに女の子の体が左へ吹き飛ぶ。彼女の体が風を切る、びゅん、という音が、聴覚がぼやけている私にも届いた。その体が何かにぶつかる痛そうな音が聞こえたが、走る私の視界には入らなかったので、実際どうなったのかはわからない。今、私の目に映《うつ》っているものは、木の根元に横たわった着物姿の老女だけだ。

落ち葉を派手に舞い上げて止まり、そっと祖母の体を抱き起こす。頬《ほお》に張り付いた枯れ葉を払い落とすと、ゆっくりと瞼《まぶた》が開いた。祖母は私を見ると、目を細めて笑った。

「来てくれたんだね」

それを聞いて、顔の筋肉が動く。この体も、微笑んでいるのだ。……間違いない。祖母は、こいつがなんなのかを知っている。

「もう大丈夫《だいじょうぶ》。ありがとう」

祖母がそう言うと、全身を満たしていた冷気が一気に引いた。ぼやけていた音もクリアになる。試しに、軽く頭を振ってみた。……大丈夫だ。私の意志で動かせる。

「体、平気なの？　どっか痛くない？」

テストを兼ねて、祖母に訊いてみた。よし、ちゃんと声も出る。

「そりゃアンタ、全身痛いわよ！　でも帯の所を蹴《け》られたから、骨と内臓は無事だと思うの。着物で来て正解だったわね」

祖母はうつむいて、軽く帯を押さえる。きれいな鶯《うぐいす》色の帯が泥だらけになっていた。泥を払おうかと思ったが、余計に汚れが広がりそうな気がして止《や》めた。

「ねぇ、美果さんは？　一緒だったんでしょ？」

この現場に着いた時から、それが気になっていたのだ。

「あら、会わなかったの？　美果ちゃんには、アンタ達を呼びに行ってもらったのよ。……きっと途中ですれ違ったのね」

美果さんは今頃、七重しかいない家で途方に暮れているかもしれない。すぐ近くをすれ違っていたとしても、小沢のクレイジードライブ下にあった十郎には、気配を識別する余裕なんてなかっただろうけど。

「それで……巾着はあんたが持ってるの？」

「え……？　ああ、これのこと？」

　さっき母がポケットに押し込んだ物を取り出すと、祖母は、「そうそう。これよ」と言って巾着袋を受け取った。私の肩を支えにして立ち上がり、一歩右足を踏み出した途端、息を詰め、顔を顰《しか》めた。……足を痛めているのだ。

「十郎！　母さんのとこに戻って、担架《たんか》出してくれるように頼んできて！」

　近くにいるだろうと思って声をかけると、左肩が冷えた。（わかった）という十郎の声がして、すぐに冷気が離れていった。

　祖母は左足に体重をかけて立ち、巾着袋から真っ白い箱を取り出した。一辺が約一〇センチの立方体で、小さな銀色の留め具が付いている。……この箱を、悪霊に取《と》り憑《つ》かれた人間に向けて開くと、中から光の帯みたいなものが出て来て体から悪霊を追い出し、絡み付いて光に変える。以前私が戦った悪霊も、最終的には祖母がこの箱を使って除霊——と言うのかどうかはわからないけど——したのだ。

「人が来る前に済ませるわ。あの女のところまで、肩を貸して頂戴《ちょうだい》」

「でも……」

「いいから、さっさとなさい」

言い出したら聞かない人だということは、嫌《いや》になるくらいよくわかっている。右足の具合が心配だったが、言われた通りに肩を貸した。

女の子は、大きな木の根元にうつ伏せで倒れていた。私の体に吹き飛ばされた後、この木にぶつかって、ここに落ちたらしい。祖母が、「もういいわ」と肩から手を放したので、屈《かが》んで女の子の体を仰向《あおむ》けにする。首筋に指を当て、脈を確認した。良かった……生きてる。

「八重、ちょっと離れてなさい」

祖母の指示に従い、少し離れた木の下に立つ。それを確認して、祖母が白い箱の留め具を外《はず》した。箱を足下《あしもと》にある女の子の頭へ向け、ゆっくりと、蓋《ふた》を開く。すると、箱から光の帯が伸び……なかった。あれ……？　あ、そうか。あの時は十郎を憑依させた状態だったから、出て来た光や悪霊の姿が見えたのか……。今の私には見えないが、確かに〝除霊〟は終わったらしく、祖母が蓋を閉じて、軽く息を吐いた。留め具をかけ、箱を巾着袋へしまう。

「これにて一件落着！」

と言って、祖母が笑った。駆け寄り、腕を回して体を支える。母が救急隊員を引き連れて現れたのは、ちょうどその時だった。

4

祖母と一緒に救急車に乗り、午前一一時半に病院へ到着した。

メイクの女の子は集中治療室、祖母は診察室へ運ばれ、母と私は最上階の個室に通された。母は、父と七重《ななえ》に連絡を入れるため部屋を出ていき、十郎《じゅうろう》は女の子の手術を見物しに行ったので、広い個室に一人取り残された。何もすることがないので、大きな窓から外を眺《なが》める。この病院は鳩岡公園《はとおかこうえん》に隣接しているらしく、眼下には常緑樹林《じょうりょくじゅりん》が広がっていた。隣接といっても鳩岡公園はやたらと広いので、さっきまで私達がいた落葉樹林《らくようじゅりん》エリアからは、かなり離れている。

それにしても、豪華な部屋だ。テレビは薄型大画面で壁にかかっているし、専用のお風《ふ》呂《ろ》とトイレもある。壁際《かべぎわ》にはふかふかのソファーが置かれ、備え付けられた冷蔵庫には自動製氷機能も付いていた。テレビの向かいの壁には、明るい色合いの大きな海の絵が飾ってある。……リゾートホテルみたいだ。

一二時を少し過ぎた頃、入院患者用のパジャマに着替えた祖母が、車椅子《くるまいす》で部屋に入って来た。押しているのは、連絡を取りに行っていたはずの母だ。祖母の右足首は、ギプスで固定されている。救急隊員が、「骨は折れていないようです」と言っていたので、おそらく、ひびか捻挫《ねんざ》だったのだろう。……そんなことより、私には二人に訊《き》かなければならないことがある。

「いい加減、どういうことなのか説明して」

私の体を操《あやつ》った冷気は、母の言葉で現れ、祖母の言葉で去った。タイミング的に、そうとしか考えられない。

母は、祖母がベッドへ上がるのを手伝いながら、

「軽い捻挫だって。普通ならテーピングで平気らしいけど、歳《とし》が歳だから、完治するまで固定することになったの」

と、祖母の症状を説明した。

「私が訊いてるのはそういうことじゃなくて……」

「こんな大袈裟《おおげさ》にされると、痛くないものも痛く感じるわ」

私の言葉を遮《さえぎ》って、祖母が言った。二人は、「あら、痛いクセに」「このくらい平気よ」などと、私を無視して談笑している。……私の質問の意味を知っているのに、わざと関係

のない話をしているのだ。

「そんなんじゃはぐらかされないからな！」

「わかったから、大きな声を出すんじゃないよ。……あの悪霊《あくりょう》はね、火薬の仕掛け所が悪くて、封じてあった箱が壊れたから出て来たの」

……言ったそばからこれだ。まぁ、確かにそれも知りたかったことだけど。

「そういうんじゃないよ！　知ってるんでしょ!?　私の中に、何がいるのか」

つい、声が大きくなってしまった。祖母と母は顔を見合わせ、小さくため息を吐《つ》く。

「どうしても知りたいんだね？」

祖母の問いかけに、強くうなずいた。真《ま》っ直《す》ぐに私を見る祖母の目を、逸《そ》らさず見つめ返す。祖母は、またため息を吐き、仕方なさそうに笑った。

「……いいわ。教えてあげる」

祖母の指示で、母が冷蔵庫から紙パックのリンゴジュースを持って来た。口を開き、紙コップにジュースを注《つ》ぐ。祖母は、サイドテーブルに置いてある鞄《かばん》を引き寄せ、中から通常の物より小さなガムシロップを取り出した。その中身を、母が用意したリンゴジュースに入れる。軽くコップを揺すって混ぜ、私に差し出した。

「これを飲みなさい」

受け取った紙コップからは、リンゴの匂《にお》いしかしない。ベッドに腰かけ、中身を飲み干す。味も普通のリンゴジュースだった。「何これ?」と訊くと、祖母は、

「睡眠薬」

と、あっさり答えた。ふーん、睡眠……ええっ!?

「ちょっと! 孫にそんなもん飲ませ…ない……で……よ」

うわ……力が抜ける。手から滑り落ちた紙コップが、床《ゆか》に当たって軽い音を立てた。

……なんでこんなの持ってるんだよ!!

「ちゃんとここにいてあげるから……ゆっくり会っておいで」

祖母が、優しく頭を撫《な》でた。……駄目《だめ》だ。瞼《まぶた》が重すぎて、目を開《あ》けていられない。

……もう、意識が……。


濃密な緑の匂いがする。

さっきまであんなに重かった瞼が、簡単に持ち上がった。立ち上がり、周りを見る。深く暗い森に囲まれた、恐ろしくきれいな湖。頭上には、多くの星と細い月。……見覚えのある風景だった。

岸から湖の中央まで伸びている桟橋《さんばし》を、湖面の星空を眺めながら歩く。風が凪《な》いでいて、湖が鏡のように空を映《うつ》しているのだ。上下の空に挟まれて、宙に浮いているような気分になる。

桟橋の先端に立ち、以前ここへ来た時のことを思い出してみた。……友人を庇《かば》ってトラックに轢《ひ》かれそうになった私は、あの冷気に体を操られ、手をかざしてトラックを吹き飛ばした。その衝撃《しょうげき》で後ろに飛ばされ、道路に落ちて気を失い……目を開けたらこの森だったのだ。その時も、今と同じように、この桟橋の端に立った。そして、

「振り返ったら、あいつがいたんだよな……」

つぶやいて、上を見る。星の多さに目眩《めまい》がする。目を閉じると、星の光が体に染み込んでくるような気がした。

「あいつというのは、私のことか？」

突然、背後から声がした。足音も、呼吸音も……僅《わず》かな衣擦《きぬず》れの音さえ聞こえなかったのに。一度大きく深呼吸をしてから、振り向いた。

「また会ったな。八重《やえ》」

月明かりに照らされて微笑《ほほえ》むその顔は、私によく似て……いや、ほぼ同じと言っていい。鏡を見ているんじゃないかと思うくらいに、似ているのだ。

「お前は、なんなんだ?」

そいつに向かって言う。自分で自分に話しかけているようで、変な気持ちだった。

「八重が知りたいなら……教えるよ」

私より少し背が低く、膝丈《ひざたけ》の白い着物を着たそいつが、私の目の前まで歩いて来る。大きく開いた胸元は少しも膨《ふく》らんでいない。体つきも、私に比べると少し固いような気がする。

「やはり、私達は似ているな。……男女の違いはあるが」

「やっぱり男だったのか。あまりにも胸がないから、そうかなー、とは思ったけど」

自分がもし男に生まれていたら、こんな感じだったのかな? ……あんまり今と変わらない気がするのが悲しい。

「ちゃんとついてるよ。見る?」

「見るかっ!!」

着物の裾《すそ》を捲《めく》ろうとした手を摑《つか》んで止める。その手首は、驚くほど冷たかった。彼は柔らかく微笑んで、そっと私の頰《ほお》に触れる。冷えたその手のひらに、頰の体温が奪われる。

「本当は……ずっと、こうやって八重と話したかった」

どうしてこいつは……こんなにも、優しく笑うんだろう。

「お前、誰なんだ？」

真っ直ぐに、その目を見た。僅かに細められた目には、私の顔が映っている。彼は何も言わず桟橋に腰かけ、私の手を引いてその隣《となり》に座らせた。彼が水に浸《つ》かった爪先《つまさき》を揺らすと、そこから半円状に波紋が広がっていく。湖面から星空が消え、そこに、とても大きな桜の木が浮かび上がった。足下に大きなスクリーンがあるみたいだ。

「これが、一番古い記憶。これより前のものは、皆……」

視線の先、満開の桜の太い幹を、何か白いものが這《は》い降りて来る。

「こいつに、食われてしまった」

それは、白い蛇《へび》だった。

「私は、その蛇に嚙《か》まれて気を失った。気がついた時には、もう家の中だった」

彼が足を振ると、波紋に沿って違う場面に切り替わっていく。

体を起こし、周りを見る。広い座敷の真ん中に、ポツンと敷かれた布団《ふとん》。枕元には、きれいな着物を着た女が座っていた。……少し、私の母に似ている。

「私の記憶は、きれいさっぱり消えていた。だから、これが自分の母親だということもわからなかった」

母親がこの顔で、息子がここまで私に似ているということは……。

「この人って、私の祖先？」

「そう。私は、ずっと昔の、園原《そのはら》家の人間だ」

「ずっと、って……どのくらい？」

彼は軽く首を傾けて、「一八〇年くらいかなぁ」と言った。一八〇年前っていうと……江戸《えど》時代？

「ずいぶん昔だな……」

「でも、私が死んだのは一九五九年の春だ」

ってことは、今二〇〇三年だから……四四年前だよな？

「どういうこと？」

「説明する。……まず、これを見てくれ」

彼が水面を指《さ》す。そこには、表面に隙間《すきま》なくお札《ふだ》が貼られた箱が映っていた。

「これ……秋本《あきもと》の家で見た箱だ」

秋本、というのは、以前私が悪霊と戦う原因になった男のことだ。

「これは、悪霊を封じておくための箱だ。特に名はない。単に〝箱〟とだけ呼ばれている。蓋《ふた》はなく、一度閉じたら箱ごと壊さなければ開かない。それに対して……」

スイ、と足を振る。

「これを見たことがあるだろう？」

波の後に現れたのは、見覚えのある、あの白い箱だった。

「これは、〝御箱《おはこ》〟と呼ばれている」

一〇センチ四方の箱の蓋が開《あ》き、中から白い光の線が伸びたところで、映像が止まる。

「この白い光は、〝白神《しろがみ》〟という、寄生虫のようなものだ」

「寄生虫？　神様なんじゃないの？」

「確かに、神と崇《あが》めている者もいたが……あれは、そんなものじゃない」

彼は、静かに湖面を見つめる。目の中に、その映像が映っていた。

「白神は、五〇年に一度見つかるか見つからないかという、とても希《まれ》な生き物だ。あれがどうやってこの世に生まれたのか、一族の誰も知らなかった。もう、ずっとずっと……それこそ、神話の時代からいるのではないかと言われている」

神話の時代なんて言われてもピンと来ないけど……ようするに、謎《なぞ》の生物なんだな。

「あれは、単体では生きていけない。動物の体に寄生して、その器《うつわ》に霊が近付いた時、体から光を伸ばして、それを食う」

あれって、幽霊《ゆうれい》食べてたんだ……。

「白神は霊の体に巻き付いて、その霊を光に変える。それは白神の一部になって、その分、光が伸びる。……そうして、より遠い所の霊を食うんだ」

成長するってことか。

「ねぇ、さっき、動物の体に寄生する、って言ったよね？　なのに、どうして箱に入ってたの？」

あの箱の中に、ちっちゃい動物でも入っているのだろうか？

「器となる動物には、この猫は良くてもあの猫は駄目、というような、私達にはわからない条件があるらしいんだ。だから、白神は簡単に器を捨てられない。器となっている動物の血を取って箱の内側に塗り、それを近くに置いて動物を焼き殺すと、白神は箱へ逃げ込む。蓋をすれば、開けるまで出て来ない……らしい」

「らしい、ってなんだよ？」

「私は、それを実際見たわけじゃないから……。猪《いのしし》から白神を取り出した人に、どうやったのか教えてもらったんだ」

彼は、少し申《もう》し訳《わけ》なさそうに言う。そのことより、取り出す方法のほうが気になった。血を抜いて焼き殺すなんて、現代なら動物愛護団体に訴えられること間違いなしだ。

「残酷《ざんこく》な捕まえ方するんだな……。幽霊を取り込むくらい、別にいいんじゃないの？　霊が成仏《じようぶつ》できるってことでしょ？」

そう訊くと、彼は私の目を見て、ゆっくり首を横に振った。ひどく真面目《まじめ》な顔で、「そうじゃない」と言う。

「光になっても、霊の意識は消えない。白神に捕らえられ、自由を奪われるんだ」

「じゃあ、一生成仏できなくなるってこと……？」

「いや。御箱に入れたまま霊を与えなければ、白神は徐々に短くなって消滅する。消滅すれば縛《いまし》めは解け、霊も成仏できる。……でもね、八重。白神の体は、一年で一センチしか短くならないんだ」

一年で一センチ!? 祖母が使った白神は、二メートルくらいあった。あれが標準の大きさだとしたら、一度捕まった霊は二〇〇年以上成仏できなくて、しかも自由がないことになる。もし、美果《みか》さんや十郎がそうなったら……と考えると、恐ろしくて体が震えた。

「それは……幽霊が可哀想《かわいそう》だよな」

「それだけじゃない。白神は、手当たり次第に霊を食って、食う霊がいなくなると、器に人を襲《おそ》わせるんだ。それも、一〇代の若者ばかりを。……八重、幽霊になる者とならない者がいるのは知っているだろう？」

問いかけられて、「知ってる」とうなずく。美果さんや十郎は霊になったが、私の祖父は霊にならなかった。

「なぜこのようなことが起こるのか、はっきりしたことは言えないが……園原家の教えでは、この世に強い心残りがあると死後霊になりやすい、と考えられている」

「それで……一〇代を襲うのか」

これから人生が開けていく歳《とし》。この世に未練を残さない者などいないだろう。わけもわからず殺され、その霊体もすぐに食われるなんて……辛《つら》い。

「だから、私も襲われたんだ」

それは、あの白い蛇が白神の器だったということだろうか……？

「そして私には……運悪く、器の資質があった」

「え……？」

彼が水を蹴《け》り上げた。飛沫《ひまつ》が月光で輝き、水面に落ちてたくさんの波紋を作る。そこには、もうなんの映像も現れなかった。

「……長い話を、聞いてくれるか？」

細い月を見上げて、彼がそう言う。私は、「いいよ」と、小さくうなずいた。


一四の時に白神に寄生され、その衝撃でほとんどの記憶を失った。ただ一つ残っていた記憶は、蛇から伸びた白い光が、自分の胸に入り込む光景。あれのせいで、私の内側は真っ白になってしまったのだ、と思った。

それから二年の間は、言葉や日常の動きを思い出すことに必死だった。幸い、それらは体に染みついていた部分もあって、一四年の時を一四年かけて思い出す必要はなかった。記憶は何をしても戻らなかったが、母が詳細に話してその穴を埋《う》めてくれた。

母によると、記憶を失ったあの日、倒れている私を見つけたのは父だったのだそうだ。近くの村で子供が白神に襲われ、その際に目撃された器……つまりは、あの白い蛇を追う途中、蛇の這った跡《あと》に目を凝《こ》らしながら歩いていた父は、はらりはらりと桜が舞い散る丘の上で、干涸《ひか》らびた蛇と、動かない私を見つけた。

父は、「殺されたのだ」と思い、泣きながら私の体を抱き起こしたが、息があることに気付いた。ホッと胸を撫で下ろした父は、「なぜ器であったはずの白蛇が息絶えているのか」と考えた。しかし一人では答えが出ず、屋敷から他の家人を呼び、皆で話し合った。そうして出された結論は、この子には器の資質があり、白神に寄生されたのだ、というものだった。

それを受けて、私は離れの座敷に隔離されることとなった。家には、霊媒《れいばい》の際に憑依《ひょうい》させるための様々な霊――過去の偉人、高い霊能力を持った先祖、医者など――が一緒に暮らしていたため、私の体から白神が出て来て、その霊を食われては困るからだ。しかし、母と使用人がずっと付いていてくれたので、寂しいとは思わなかった。

一八になって、体の成長が止まっていることに気付いた。成長が遅れているだけだろうと皆思っていたが、四年経《た》って全く成長しないというのはやはりおかしい、と。……それが一つ目の、白神の影響だった。

白神は、とにかく数が少ない。御箱も代々受け継がれた物で、白神について詳《くわ》しく知る者などいなかった。家の者が書き記した書物には白神のことも書いてあったが、人に取《と》り憑《つ》いた白神の例はなかった。だから私は、自らこれを追い出す方法を考えなければならなかった。

私が何より恐れていたのは、自分も動物と同じように子供を襲うのではないか、ということだったが、そのような兆《きざ》しは全く現れなかった。

二十歳《はたち》になり、皆が私の歳を口にしなくなったある日、子供の霊が離れへ迷い込んで来た。日向《ひなた》で昼寝をしていたので、入って来たことに気が付かなかったのだ。日差《ひざ》しで髪が燃えそうだ、と思って起き上がると、目の前に幼い少女の霊が座っていた。しかし……何も起きなかった。私の体から、白神は出て来なかった。試しに触れてみたが、子供はにこりと微笑むだけで、光に変わることはなかった。

　今まで隔離されていた六年はなんだったんだ、と思った。隔離することを決定した当主は既《すで》に亡くなっていたので、跡を継いだその息子が、深々と頭を下げ、私にそれを詫《わ》びた。先も言ったように、人に憑いた白神のことなど誰も知らなかったのだから、隔離は当然の処置であったと思う。「気にしないでくれ」と笑いかけると、彼は複雑な顔をしてうなずき、部屋を出ていった。彼と私は同じ年の生まれで、共に野山を駆け回り、日が暮れるのも忘れて遊んだ仲だった。彼も、初めは子供の姿を留《とど》める私を羨《うらや》んでいたが、次第に態度がよそよそしくなり、ついには離れへ遊びに来ることもなくなってしまった。私はまた母《おも》屋《や》で生活をすることになったが、人の中で感じる孤独は、離れでふと感じるものよりも、ずっと重かった。……それで私は、悪霊退治の仕事を手伝いたい、と志願したのだ。

　園原の血は、女に霊媒の能力、男に霊能力を与える。霊媒の力は長女にしか宿《やど》らない場合が多いが、母親の能力が高い場合、希に妹にも備わることがあった。男は、多かれ少なかれ、生まれつき霊的な能力を備えていた。

女は過去の偉人を霊媒し、助言を与えることで、常に国の政治の中枢に関わっていた。それによって得られる高額の寄付金で、園原家の家計を支えていた。対して男は、箱と御箱を持って各地を巡《めぐ》り、悪霊を封じていた。白神に悪霊を食わせることは簡単だが、それでは白神がどんどん成長してしまう。それを最小限に食い止めるためにも、箱では封じきれない強い悪霊にだけ御箱を使うという決まりになっていた。これを無償で行うことは、代々受け継がれてきたしきたりだった。この行いがあったからこそ、国も園原家との関わりを絶たなかったのだろう。

その男達について、全国を旅した。旅の間に、白神の二つ目の影響がわかった。私の手に、悪霊を人の体から追い出す能力が備わっていたのだ。それまでは、悪霊に取り憑かれた人間を結界に封じ込め、数人がかりで長時間呪《まじな》いを唱《とな》えなければ、悪霊が体の外に出て来なかったので、この能力は皆にとても喜ばれた。

時には、女の姿に変装して、悪霊を誘《おび》き出《だ》したりもした。悪霊は、女の体に憑くことを好むからだ。それがなぜなのかはわからないが、女にだけ霊媒能力が宿ることと併《あわ》せて考えると、女の体には、霊体が馴染《なじ》むなんらかの要素があるのかもしれない。心静かに探れば女ではないことがわかるはずなのに、多くの悪霊は衝動的に動いているので、容易《たやす》く見た目に騙《だま》される。気配の察し方が雑なのだ。元々女顔だったこともあるが、成長が止まっていたからこそ、このような変装が通用した。

この頃から私は、白神とは、本来このように霊能者に寄生させる生き物なのではないか、と考えるようになり、白神の器になれた自分を誇りに思った。他の誰でもなく、白神は自分を選んだのだ、と優越感さえ感じていた。


白神に寄生されてから一二年が経ち、幾度目かの旅から戻ると、父親が死んでいた。その七年後に、母親も死んだ。私は三三歳になっていた。

その頃の平均寿命は四〇歳前後。それに対して、園原家の男、特に霊能力を多用する者の寿命は、三〇にも満たなかった。能力が弱かった父は、旅に出ず家の守りについていたため、四二歳まで生きたが、旅に出て能力を使っている私は、もういつ命が尽きてもおかしくない歳だった。

それから三〇年、妹が死んで、ようやく私は三つ目の影響に気付いた。……長い、寿命。

更《さら》に三〇年経って、死なないのではないか、と思い始めた。世の中も変わり、昔ほど悪霊は出なくなった。旅の回数を減らす男もいたが、私はたとえ一人でも常に旅を続けた。

家に私の居場所などなかったので、旅に出ているほうがまだマシだった。悪霊を追い、箱に封じて山奥へ捨てる、という作業を繰り返し、いつの間にか年が終わる。

歳が九〇を超えて、もう数えるのをやめた頃。ある旅先で――あれは長野《ながの》の辺《あた》りだったか――雨が続いて脆《もろ》くなった崖《がけ》が崩れ、谷底の川へ落ちたことがあった。濁流《だくりゅう》に呑《の》まれて意識を失い、気付くと川岸に打ち上げられていた。大きな怪我《けが》はないようだったが、全身が怠《だる》く、立ち上がる気にはなれなかった。

「私がここで朽《く》ち果《は》てても、誰も悲しみはしない」

そうつぶやいてみると、狂おしいほどの孤独を感じたが、それと同時に、少し気持ちが楽になった。水の音を聞きながら、もう終わりにしてもいいんだ、と、私は静かに目を瞑《つむ》った。

しかし、二度の満月を見るほどに時が流れても、私は死ななかった。……そうして、ようやく知ったのだ。私は、物を食べなくても、生きていけるのだということを。

あの日、白神が寄生してから、一〇〇年が過ぎた。どこへ行っても、もう悪霊の姿はない。園原家の書物には、【多くの場合、強い霊的能力を持つ人間が、死後悪霊に転ずる】と記してあった。今ではもう、強い霊力を持つ人間自体が少ないのだ。悪霊が消えるのも当然だった。それはとても良いことなのだが……私は、ひどく虚《むな》しかった。

旅の目的を失った私は、約一〇年ぶりに故郷へ戻ってみた。慣れ親しんだ家は建て替えられ、どこもかしこも新しくなっていた。

私を迎え入れた初老の当主が頭を下げ、「もう旅には出ないでほしい」と言った。どうやら、一〇〇年以上も変わらぬ姿で旅を続ける私は、多くの土地で恐れの対象になっていたらしい。今後悪霊退治は、連絡を受けてから出向くのだ、と説明された。

私は、「長年、お疲れ様でした。どうか、これからは静かな時間をお過ごしください」と、敷地の中にある、離れの平屋を与えられた。……広い座敷は、あの日の母を思い出させた。


本当に、世の中は変わった。それに合わせて園原家もずいぶんと変わっていた。

女達は相変わらず政府と繋《つな》がっているらしく、暮らしぶりから見ても、相当な額の寄付を貰《もら》っているようだ。男達には、もうほとんど霊能力を感じなかった。まだ辛《かろ》うじて霊の姿を見ることはできるようだが、呪《まじな》いの言葉も呪符《じゅふ》の書き方も、もう覚えるつもりはないようだった。皆が様々な企業の役職についているのは、中央との繋がりの賜《たまもの》だろう。

私は、家の中で毎日ぼんやりして過ごした。蔵から引っぱり出した書物を繙《ひもと》き、新しい呪《まじな》いを試して暇を潰《つぶ》した。その中でも、式神《しきがみ》が気に入った。紙に呪《じゅ》を書き、強く念じて動物に変える。式神は何かを命じないとすぐに消えてしまうので、私は庭先に訪れる鳥を真《ま》似《ね》て式神を作る度《たび》に、「私の寂しさが消えるまで、この家にいろ」と命じた。

家の中は、すぐに鳥だらけになった。家の中を楽しげに飛び回る鳥を見て、物も食べず、だらだら過ごして日が暮れる。これはこれで穏やかな生活だったが……何年経っても、鳥は消えなかった。

離れで暮らし始めて、二〇年と少し。夏のとても暑い日に、昼寝から覚めたら、庭に女の子が倒れていた。駆け寄って抱き起こし、急いで扇風機の前に寝かせる。台所から水と手ぬぐいを持って戻ると、少女は扇風機の前に正座をして、こちらをじっと見つめていた。利発そうな、美しい子。「起きて、大丈夫《だいじょうぶ》?」と訊いてみた。ずいぶん久しぶりに声を出したので、ひどく掠《かす》れていたが。

「やっぱり、母さんは嘘《うそ》吐きだわ。あなたは、悪い人じゃない」

にっこり笑って、少女はそう言った。

少女は、絹代《きぬよ》という名だった。母親には、「あの離れには悪い怪物が住んでいるから行っては駄目」と言われていたらしい。絹代は、「そんなチンケな嘘を信じるほど子供じゃないわ」と高らかに笑い、それから毎日のように私に会いに来た。私が長く生きていることは知っているらしく、いつも私に話をせがんだ。絹代は、子供が好みそうな悪霊退治の話より、私が旅した様々な土地の風景や文化についての話を聞きたがった。どの話にも興味深そうに耳を傾ける絹代を見ていると、何十年も旅をしたことは、決して無駄ではなかったのだと思えた。

　絹代は時々、頬を腫《は》らして私の所へ駆け込んで来た。私の隣に寝転び、眉間《みけん》にギュッと力を込めて、潤《うる》んだ目で鳥達を見上げる。それでも、決して涙は流さなかった。初めてそれを見た時は、私のほうがおろおろしてしまい、「こんなのいつものことよ。母さんにぶたれるのは、慣れてるから。……平気よ」と、逆に気を遣《つか》わせてしまった。

　絹代は、〝家〟に対する不満を堂々と主張する娘だったので、家族や親戚から煙たがられているらしかった。彼女は、園原家の閉鎖的な体質をひどく嫌っていた。能力の衰《おとろ》えを食い止めるため、ある程度の霊能力を持った者と結婚しなければならないことや、霊媒能力を使って自分のために金を儲《もう》けてはいけないことに、どうしても納得がいかないようだった。

「どうしてこの家の人間は、みんなこうも従順なのかしら？　もっとわがままに生きるべきだわ」

絹代は、いつもそう言っていた。それを聞く度、幼い頃から当たり前のように家のしきたりに従っていた自分と比べ、この子の心はなんて広く明るい場所にあるのか、と思った。絹代と一緒にいると、自分の心にもその光が差し込んでいるような、暖かな気持ちがした。

半年経って、絹代が一三になった時、なぜ歳も取らずこれほど長く生きているのかを問われた。私は時間をかけて、白神のことを話した。絹代は話を聞き終わってからしばらくの間、黙ってうつむいていたが、やがてスッと顔を上げ、言った。

「私も、器《うつわ》になれないかしら？　アンタと生きたい」

その瞬間、ざぁ、と、彼女の上に紙が降った。

式神が、散った。

それからの三年間は、毎日が泣きたいくらいに幸福だった。絹代が御箱を開けても白神は寄生しなかったが、それでもかまわなかった。絹代が、私のために箱を開けてくれたことが嬉《うれ》しかった。

絹代はひどく落ち込んでいたが、「よく考えたら、私は絶対アンタに看取《みと》ってもらえる

のよね？　それって、すごく幸せだと思うわ」と、すぐに立ち直った。「先に死ぬと思うけど、ごめんね」と笑う彼女を、幸せな気持ちで見つめた。彼女が先に死んでしまっても、この幸福な気持ちは私の中で生き続ける、と思った。

ある春の朝、起き上がると、爪先に軽い痺《しび》れがあった。痺れは時間と共に広がり、夕方には立てなくなった。柱にもたれかかったままの私を、高校から戻った絹代が抱き上げ、布団まで運んでくれた。私は、何も言わずに絹代の目を見た。絹代はきつく下唇《したくちびる》を嚙んで、初めて涙を見せた。

「死ぬの？」

静かな気持ちで、うなずく。

「どうして？」

「……わからない」

他のことは何もわからないのに、もう命が尽きかけていることだけは、はっきりとわかった。痺れが、じわじわと体を這い上がる。

「あの御箱は、絹代が持つといい。お前の家族を、あれで守るんだ」

「要《い》らない！　私を置いていくなんて許さないわ!!　……行かないでよ」

肩を摑んで揺さぶられたが、もう何も感じなかった。首から下がなくなってしまったようだ。絹代の髪を撫でてやりたかったが、もう腕は上がらなかった。

「あり……がと」

唇にも、もう痺れが上ってきている。

「お礼なんてやめて！　看取ってくれるんでしょう!?」

私を揺すり続ける絹代の姿が、だんだん白くぼやけて見えなくなる。

「絶対に、私の所へ戻ってきなさい……八重」

それを最後に、全ての感覚が、閉じた。


「……八重？　お前、八重って名前なの？」

長い間黙って聞いていたが、私はそこで初めて、彼にそう訊いた。彼は柔らかく笑って、

「そうだよ」と、うなずく。

「これは、私の母が〝八つの幸せが重なるように〟と付けた名前なんだ。住処《すみか》、富《とみ》、人、愛、体、知識、技術……そして、霊能力」

「絹代っていうのは、うちのばあさんのことだよね？」

発言の内容はいかにも祖母らしいけど、こんな話は聞いたことがなかった。彼は深くうなずいて、再び足を振る。波紋の後に、髪の長い、きれいな女の姿が映った。

「きれいだろう？　これが、一六の時の絹代だよ」

少し屈《かが》んで笑いかけ、こちらへ向かって手を伸ばす。頭を撫でられている映像なのだ。

「私達の関係は、色恋とは離れたところにあったんだと思う。初めて会った時から、絹代は私を弟のように扱ったし、私もそれでかまわなかった」

ばあさんの少年好きって、こんな昔から変わってないんだな……。いや、こいつと過ごしたことがきっかけでそうなったのか。

「あの日……私の意識は、真っ白い場所へ飲み込まれた。ただ真っ白で、体の感覚も時間の感覚もない、不思議な所だった」

それって、いわゆる天国ってやつだろうか。

「死んだんだよね？」

「うん。死んで、その白い場所へ行って……ただぼんやりしていたんだ。式神が散った瞬間を何度も思い出して、幸せだったよ。でも、絹代の所へ戻ってあげたい、という気持ちもあった」

彼が水を蹴った。舞い落ちる紙の中で微笑む少女が映し出される。美しい光景だと思った。

「どれくらい時間が流れたのかはわからないけど、突然、その世界が消えた。今度は、真っ暗で温かい場所にいた。……どく、どく、と、近くに心音が聞こえる所」

ようやく、どうしてこいつが私の中にいるのか、わかった。

「お腹《なか》の中……私の、母さんの。……お前、私に生まれ変わったんだな?」

いくら祖先でも、ここまで似ているのはちょっとおかしい。こんなにそっくりなのは、彼の魂《たましい》が私の体にも影響を及ぼしたからなのだろう。

「生まれ変わるとはこういうことなのか、と思った。私は、八重が見て、聞いて、感じることの全てを、同じように体験できる。お前が眠っている間はこの場所に戻るけど……それ以外の時間は、常にお前と同じものを感じて生きてきた」

「そんなの、全然気付かなかった……」

隣に座っている男を見る。こいつは、一七年間、ずっと私と同じ体験をしてきた。私が彼の存在をごく自然に受け入れられるのは、そういう積み重ねのせいなのかもしれない。

「気付かれないようにしてたんだ。……私は、その気になれば、自由にお前の体を使える。急に体の制御が利《き》かなくなることが何度かあっただろう? あの時体を動かしていたのは、私だ」

「そういうことだったのか……。でも、あのものすごい力はなんなんだよ？」

　夏の事件では、私に投げつけられた懐中電灯を投げ返して相手の肋《あばら》を折った。ついこの間は、手をかざしてトラックを吹き飛ばし、今回は軽く撫でるように手を動かしただけで、人を木に叩《たた》きつけた。……人間業《わざ》じゃない。

「言っただろう？　昔、園原家の男には、強い霊能力があった、と」

「強すぎだよ……。それに、霊能力って、幽霊に対して使うもんじゃないの？」

〝霊〟能力って言うくらいなんだし。

「私は……霊能力というのは、魂が持つ力のことだと思っている。昔は皆、強い魂を持っていた。最近は……そういう男は、あまりいないようだが」

　あんな能力を持っている人がたくさんいたなんて、昔の園原家ってものすごい集団だったんだな……。まぁ、政府と繋がりがあるくらいだから、強くて当然なのかもしれないけど。

「八重がようやく言葉を話し始めた頃、少しだけ、お前の体を借りたことがある」

　当然のことだが、私は全く覚えていない。……でも、なんのために借りたのかは、すぐにわかった。

「ばあさんと、話したんだな？」

私がそう言うと、彼は微笑んで、小さくうなずく。

「絹代は、お前が胎内《たいない》にいる時から、私の魂を感じ取っていた。八重、という名前を付けたことが何よりの証拠だ。お前が産まれてからも……時々絹代は、お前にではなく、私に話しかけた。私が死んですぐ家を出たこと。日本画家を憑依させて絵を描《か》き、大金を手にしたこと。フランスへ渡って、恋をしたこと……。歳を取っても、昔と変わらぬ笑顔が懐かしかった」

彼は上体を倒し、桟橋に寝転んだ。黒い目の中に、星空が映る。

「絹代は、私が死んだ後、ずっと白神について調べていた、と言って、私にある地方の伝説を聞かせてくれた。……昔、美しい神が、白い蛇を大地に放った。蛇は地の獣を食べて太り、神の糧《かて》となった。神は永《なが》きにわたり力を振るったが、やがてこの地で眠りについた……」

「その白い蛇っていうのが、白神のこと？」

「園原家は、私が産まれる前に一度家を移している。その伝説が伝わっていた土地は、昔一族が住んでいた場所だった。私が読んだ蔵の書物に、園原家の開祖は三〇〇年以上生きたという記述があったんだ。寄生されたばかりの頃にそれを読んで、こんなものは作り話だと思った。でも、今ならわかる。……おそらく、開祖も白神に寄生された人間だったんだろう」

彼は勢いよく起き上がり、「結局、電池のようなものだったんだ」と言った。湖面に波を送り、再び御箱を映す。

「特定の人間を永く生かすために、動物に寄生して成長する。人の内へ入ると、その者に力を与え、徐々に身を削っていく。白神を使い切ると、器も死ぬ」

「特定の人間って、やっぱり霊能者なのかな」

「どうだろう……それもあるだろうけど、永く生きたい人間なんて、幾《いく》らでもいるから」

国の偉い人とかが関わっているんだろうな……などと考えてしまうのは、マンガや映画の見すぎだろうか。

「それで、結局ばあさんとは何を話したの？」

「この子には、この子の人生を歩ませてあげよう、って」

「……え？　それだけ？」

「うん、それだけ。でも、それで絹代はわかってくれた」

なんだか、すごく嬉しかった。彼が手を伸ばし、私の頭を撫でる。涙が出そうだった。

「私は、もう死んだ人間だ。こうやって魂は生きているが、この体も、この人生も、全てお前のものだから」

きっと、もっとたくさん話したかったはずだ。

「今生きている〝八重〟は、お前であって、決して私ではない。だから、お前の体を動かしたりはしない。ただ……本当に危ない時は、勝手に体を使わせてもらう。それだけは許してくれ。私は、お前を守りたいんだ」

こいつは……馬鹿《ばか》だ。欲がなさすぎる。

「ありがとう。……でも、本当にいいのか？　私は別に、お前とばあさんが喋《しゃべ》るくらい……」

「いいんだ。こうやって、お前と話せた。私のことを知って、お前が、ありがとうって言ってくれた」

彼が私の手を引いて立ち上がる。星空の色が、だんだん薄くなっていく。

「お前の周りには、いつもたくさんの笑顔がある。共に生きられるだけで、私はとても幸せなんだ」

私を見て、眩《まぶ》しそうに目を細めている彼も、少しずつ色褪《いろあ》せる。繋いだ手を引いて、彼の細い体を抱きしめた。その体は相変わらず冷たかったが、私の心は暖かかった。

「お前がいてくれて嬉しい。……私も幸せだよ」

そう言い終わらないうちに、彼は腕の中から消えてしまった。……私の声は、彼に届いたのだろうか？　周囲が白い光で溢《あふ》れ、あまりの眩しさに、ギュッと目を瞑《つむ》った。

再び目を開けると、淡い緑色の天井が見えた。何度かまばたきをしているうちに、祖母に薬を盛られたことを思い出す。……まぁいいか。おかげであっちの八重に会えたんだし。

「副作用はないから安心なさい」

その声で体を起こすと、祖母がベッドに上半身を起こしてこっちを見ていた。

「当たり前だ！　副作用がある薬なんて使ったら、絶対絶交だからな！」

壁際のソファーから立ち上がり、ベッド脇《わき》の椅子に座る。母の姿は見あたらなかった。

「……会えたの？」

私を見て、言う。祖母の言葉には目的語がなかったが、誰を指しているのかは明白だ。

「うん。色々聞いてきた。箱のことも、白神のことも……ばあさんのこともね」

祖母は懐かしそうに目を細め、「そう」とつぶやいた。……私を通して、彼を見ているのだろう。おそらく祖母は、今までもずっとそうしてきたのだ。もう一人の八重に話しかけたい気持ちを抑えて。

「あの子のことを知ったからって、変に意識しなくていいんだよ。今生きてる〝八重〟は、あんたなんだからね」

　祖母が手を伸ばしたので身を乗り出すと、そっと頭を撫でられた。目に映る映像に、さっき湖で見た映像がダブる。……二人がほとんど同じことを言っているのが嬉しかった。直接話さなくても、心はずっと繋がっているのだ。

「こうやって、頭を撫でるのが好きだった。……あんたの髪は柔らかいねぇ。あの子の髪は、真っ黒で、もっとパサパサしてたの。私が教えてあげるまで、ずっと石鹸《せっけん》で髪を洗ってたから」

　そう言って、祖母が笑う。私も笑った。もう一人も、きっと笑っている。とても満ち足りた気持ちだった。内側にも外側にも、私を大切に思ってくれる人がいるのだ。


　しばらくそうして頭を撫でられていたら、コンコン、とドアをノックする音が聞こえた。祖母が「どうぞ」と声をかけると、ドアが開いて、母と、スーツを着た長身の男が入って来た。四〇代前半くらいのその男は、部屋に入るなり、祖母に向かって深く頭を下げた。

警察の人かな？

「到着が遅れまして、誠に申し訳ありませんでした。現在もう一体を捜索中です」

「謝らなくてもいいわ。病院とマスコミへの対応は早かったし。あっちのは上級霊だったから、気を付けておやんなさい」

もう一体？　上級霊？　……なんの話だ？

「それと……御箱は、私の代わりにこの子が使います」

祖母に肩を叩かれた。……え？　ええっ!?

「ちょっと！　どういうこと!?　話が全然見えないよ！」

「やいやい言わないで！　これから説明しようと思ってたのに！」

母親に「勉強しなさい」と言われて、「今やろうと思ってたのに！」と答える子供のように、祖母がふくれっ面《つら》でした説明は、次のようなものだった。

撮影現場で壊れた箱は二つあって、一つには低級の動物霊、もう一つには上級霊と呼ばれる強い霊が封印されていた。霊は、全く霊感のない人間には取り憑くことができない。あの現場で霊感があったのは、メイクの女の子と祖母だけだった。動物霊のほうは手近な所にいたメイクさんに取り憑いたが、上級霊は誰にも取り憑かず、そのまま森の奥へ入っていった。上級霊は、長く使えそうな体を選んで取り憑く。低級霊と上級霊の違いは、そのへんにあるらしい。つまり祖母は、この上級霊の除霊に、私を行かせようとしているのだ。

「ちょっと待って！　私が行ったら取り憑かれるかもしれないんじゃないの!?」

体が丈夫で、霊感もある。しかも、女だ。霊の希望条件を、完璧《かんぺき》に満たしているじゃないか。

「大丈夫よ。一つの体には、一体の霊しか入れないんだから」

美果さんか十郎を憑依させた状態で行けってことか……。いや、それ以前に、

「母さんが行けばいいだろ!? なんで私なの!?」

さっきから涼しい顔をして話を聞いている母にそう言うと、ニッコリ笑ってこう言った。

「八重ちゃんだって、私が究極のインドア派だってこと、知ってるじゃない。この寒い時期に足場の悪い森の中を歩き回ったりしたら、過労で死んじゃうわ。母さんが死んだら、嫌《いや》でしょ？ 泣いちゃうでしょ？」

「寒くて面倒だから行きたくないだけじゃないか!!」

「んー、ハッキリ言うと、そうね」

……これだよ。全然悪いと思ってない顔だ。それでも、こうやって微笑まれると、怒る気力が削《そ》がれていくのだ。母は、ずるい。

「あの……御箱を預けてくだされば、我々が除霊しますが……」

ドアの前に立ったまま黙っていた男が言った。その手があったか！

「駄目よ。あの箱を、家族以外に触《さわ》らせる気はないわ」

祖母は、強い口調でそう言う。……そうか、あれは形見なんだ。「家族を守れ」と、た

った一つ、彼が遺《のこ》した物。

「……わかりました。では、私は下へ戻ります。何かあれば、携帯に連絡をください」

もう一度深く頭を下げてから、男は病室を出ていった。

「あれ、誰だったの？」

話から、園原家に関係がある人だってことはわかったけど。

「あれが、園原家の現当主だよ。妹の息子で、私の甥《おい》にあたる」

祖母に妹がいたなんて初耳だった。もちろん、会ったこともない。

「当主って、もっとおじいさんがなるもんだと思ってたけど……若いんだな」

白髪に着物、というイメージがあった。我ながら、ベタなイメージである。

「園原家の男は、寿命が短いのよ。霊能力は、魂の力。魂を削る分、寿命が短かったんだろうね。最近は能力が弱まったせいで、平均寿命を全《まっと》うする人が多いみたいだけど」

ってことは、私の寿命も短くなってるんじゃ……。そう思ったのが顔に出ていたらしく、

「あんたは大丈夫よ」と、祖母が笑った。

「力を使っているのは、〝八重〟の魂なんだから」

「だったら、そのうちあいつ、消えちゃうんじゃないの？」

魂を削って力を出すなら、いずれは魂がなくなってしまう。

「使い続ければ、消えるでしょうね」

「そんな簡単に……！」

「だってアンタ、よく考えてみなさいな。頻繁《ひんぱん》に使っても一〇～一五年保《も》つのよ？　欧《うたう》くんみたいに、常にピンチに襲われる体質でもない限り、一生消えやしないわ」

じゃあ大丈夫だ、と、私は胸を撫で下ろした。西《にし》欧《うたう》があんな風に毎回ピンチに襲われるのは、制作者サイドの都合なのであって、現実にはあり得ない。

「ただ……一つ心配なのは、あんたの霊媒能力の弱さからくる、定着の甘さね。本当なら、憑依させた霊はキチッと体に定着していて、強い力が加わってもすっぽ抜けるなんてことはないのよ」

身に覚えの……ある話だった。霊が自分で体を動かす分には問題ないのだが、急に誰かに引っ張られたりすると、霊が抜けてしまうことがあるのだ。抜けてしまうと、もう一度呼吸を合わせなければ憑依状態に戻れないので、その間は〝私〟だけになってしまう。

「それでね、もし八重ちゃんが取り憑かれても対抗できるように、助《すけ》っ人《と》を呼んでおいたの。そろそろ来てるはずだから、ロビーで落ち合ってね」

そう言って、母が上着を差し出す。「誰なの？」と訊きながら、それを受け取って袖《そで》を通した。母は、「内緒よ」と微笑んで、鳩岡公園の入り口でそうしたように、上着のポケットに巾着袋《きんちゃくぶくろ》を押し込む。

病室を出て静かな廊下を歩き、エレベーターに乗った。一階のボタンを押し、助っ人は誰だろう、と考える。取り憑かれても対応できるように、ということは、霊に対する知識がある人に違いない。……どんな人だろう？　静かな人だといいけど。

ポーン、と到着を知らせる音が鳴り、扉が開く。ロビーを見回すと、私を見て立ち上がる人影があった。手を振りながら、私に近付いて来る。

それは、亘《わたる》と保《たもつ》さんだった。

5

「いやー、びっくりした！　社長から、大奥さんが怪我《けが》した、って電話かかってきたんだ。まさかこんなことになってたとはなー。オレ、あんまニュースとか見ねーからさー」

人気《ひとけ》のないロビーに、亘《わたる》の声が響く。こいつの説明によると、世間的には、「撮影中に手違いで多量の火薬が爆発し、その際に不発弾が発見されたため、周辺住民に避難勧告が出た」ということになっているらしい。……大胆な嘘《うそ》を吐《つ》いたものだ。

「で、二人はお見舞いに来たんだよね？　それだけだよね？」

　頼むから、そうだと言ってくれ。こいつらが助《すけ》っ人《と》じゃなくて、ちゃんとしたすごい人が別にいるんだって、誰でもいいから言ってくれ！

「僕は絹代《きぬよ》先生に呼ばれたんだ。よくわからないけど……八重《やえ》ちゃんと一緒に森へ行って、もし八重ちゃんの言動がおかしくなったら、気絶させて、この病院まで運んでほしい、って」

　ああ……やっぱり。いないんだ。別の助っ人なんていないんだぁ。

「八重の言動がおかしいのはいつものことじゃねーか」

「お前にだけは言われたくない！　だいたい、お前は呼ばれてないんだろ!?」

　私を気絶させるのも、運ぶのも、保《たもつ》さんがいれば済むことだ。もちろん、極力そうならないようにするけど。

「いいじゃーん。オレがいれば、きっとなんかの役に立つ……」

「絶対なんの役にも立たない！」

「ホントひでーなー、オマエは！　オレがいたほうがいいよな？　兄ちゃん」

「いや、僕も役に立たないと思う」

味方を求めた言葉も、保さんに笑顔であっさり否定された。

「ほら見ろ！　やっぱ役に立たないいんだよ、お前は！」

「立たない立たない言うなー‼　こっちはちゃんと勃《た》……」

「帰れっ‼」

叫んで、亘の脛《すね》に蹴《け》りを入れた。亘は、「ギャー‼」と喚《わめ》きながら、両手で脛を押さえて床《ゆか》を転がる。

「いいローキックだね」

と、保さんがにこやかに言う。

「うん、ありがとう」

私も、笑顔でそう答えた。転がる亘を置いたまま、並んで玄関のほうへ歩き出す。途中、手術室見物から戻って来た十郎《じゅうろう》が右手首に触れて、（お前ら、亘に対してちょっと酷《ひど》いぞ……）と言った。ロビーでのやりとりを、近くで見ていたらしい。

玄関を出るまでに、もう一体の霊探しのことと、すっぽ抜けたら取《と》り憑《つ》かれる危険がある、ということを十郎に説明した。

（じゃあ、俺が八重に憑依《ひょうい》したままその霊を探して、見つけたら箱で除霊するってことだな？）

『うん、そういうこと』

　脳内で会話をしながら、病院を出る。ロビーを転げ回っていた亘が追い付いて来たので、結局三人で霊を探しに行くことになった。

　鳩岡自然公園《はとおかしぜんこうえん》には北・南・東に一つずつ入り口があり、西側は山になっている。私と母が車で乗り付けた所が北門、病院のすぐ前にあるのが南門、さいたまワンダーランドに近いのが東門だ。

　病院の外には、警察の緊急対策本部が設置されていた。指示を出しているのは、さっき病室で祖母に頭を下げていた、現当主の男だ。私の視線に気付き、こっちへ走って来る。

「八重さんですね？　私は、園原重富《そのはらしげとみ》といいます」

　そう言って、丁寧に頭を下げる。私も、「こんにちは」と、お辞儀《じぎ》を返した。

「早速で申《もう》し訳《わけ》ありませんが、現状を説明させてください。現在地が、ここです」

　彼は手に持っていた地図を見せ、病院の所を指《さ》した。

「先ほど、公園周りに結界を張り終えたので、今、東門のほうから我々と警官の合同チームが森に入っています。結界符《けっかいふ》を貼りながら進んでいるので、こちら側に霊が戻る心配はありません」

うなずきながら、地図上を動く指を見る。……結界符がどういう物なのか知らないけど、名前から想像するに、霊が出入りできないようにするお札《ふだ》のことだろう。

「西側はどうなってるんですか？」

「大丈夫《だいじょうぶ》です。そちらのほうも、山の反対側から同じように結界を広げています」

それほど大きな山ではないが、それでも山は山だ。話によると、それを囲むように人が配置されているらしい。相当な数の人間が関わっている。

「八重さんには、この辺《あた》りを調べに行っていただきたい」

指された場所は、西側の山の手前だった。

「今のところ、人に取り憑いたという報告は入っていません。ということは、まだ霊体のままだということです。……今の我々の力では、霊に憑かれた人間を封じる結界は張れません。もし霊が人に憑いてしまったら、簡単に結界を越えられ、一般人に被害が及んでしまいます」

彼はそこで一度言葉を切り、深く頭を下げた。

「犠牲者が出る前に、あれを滅《めっ》してください。お願いします」

私のような子供に頭を下げなければならないほど、園原家の者にとって、御箱《おはこ》の力は絶対なのだと知る。警官から、緊急連絡用に携帯電話を受け取り、当主と握手をして別れた。骨張った彼の手は、長く外にいたせいで、とても冷たかった。

小西《こにし》兄弟と一緒に、地図を頼りに公園……というか、森を歩いた。南門から入り、灌木《かんぼく》エリアを通って、今は針葉樹林《しんようじゅりん》エリアを歩いている。錆《さ》びた鉄のような色をした杉の木が、等間隔に生えていた。十郎を憑依させているせいで、杉のいい匂《にお》いが肺に染み込む感じは味わえなかったが、とても気持ちのいい所だ。

「春に来たら、花粉がスゲーだろうなー。怖《こえ》ぇー」

すぐ後ろから、亘が杉の葉を踏む、サクサクという音がする。……亘には、この良さが理解できないようだ。

『まだ何も感じないの？』

（ああ。ときどき鳥が飛んだりしてるけど、ただの鳥だしなぁ……）

ずんずん奥に進みながら、十郎と思考を交《か》わす。もっとすぐ見つかると思ってたけど……もしかしたら、もう見つかったのかな？

（電話、かけてみるか？）

『そうだね。せっかく借りたんだし』

十郎が立ち止まり、ポケットから携帯電話を取り出す。アンテナの出っ張りが同じ所に入れてあった巾着袋《きんちゃくぶくろ》に引っかかって、一緒に出て来てしまった。

「それは何？」

いつの間にか隣《となり》に来ていた保さんが訊《き》く。

「この中に入ってる箱で、除霊するの」

「ちょっと見てもいい？」

差し出された手を見て、（渡してもいいか？）と十郎が訊いてきた。『いいよ』と答える。

「はい。でも開《あ》けちゃ駄目《だめ》だよ。今開けると、十郎が除霊されちゃうから」

十郎から巾着袋を受け取った保さんは、御箱を取り出し、興味深そうに眺《なが》めている。十郎が、小西兄弟から少し離れて短縮ダイアルを押し、携帯電話を耳に当てたので、私はそっちに集中した。

「もしもし。園原八重です」

――もう見つかったんですか？

「いえ。霊に気配を探らせてるんですけど、全然いなくて……」

――え？　あの……上級霊は気配を消せるって、ご存知ないんですか？

「えぇ!? そうなんですか!?」

——はい。ですから、視認するしかないんです。

「……知りませんでした」

——同行の方に霊感がないのなら安全だとは思いますが……気を付けてくださいね。


　十郎がボタンを押して電話を切り、ポケットに戻した。

『どうしてうちのばあさんは、こういう大事なことを言い忘れるんだ！　わざとか？　わざとやってるのか!?』

（いや、うっかりだろ）

　そう……なんだよなぁ。あの人は、ホントにうっかり大きなミスをするのだ。福岡《ふくおか》県へ旅行に行くのに福島《ふくしま》県の宿を予約していたり、「横浜《よこはま》まで新幹線で行こう」と言って名古《なご》屋《や》駅までノンストップののぞみに乗ったり……。思い出すだけで胃が痛くなってくる。

「一応訊いておくけど、二人とも霊感なんかないよね？」

　十郎が二人を見る。

「オレはねーけど、兄ちゃんはちょっとあるよな？」

　亘がそう言うと、保さんが御箱を巾着袋にしまいながらうなずいた。

「なんで黙ってたの⁉」

ホント危ないな！　保さんが取り憑かれたら、一体誰がこの格闘《かくとう》サイボーグを止めるんだ。

「見えようが何しようが信じてなけりゃいないのと同じ、って、夏梨《かりん》ちゃんが言ってたから……って、この体の持ち主が言ってるぜぇ！」

保さんの表情が変わった。眉間《みけん》が、チリ、と痛む。

（嘘だろ……⁉　この気配に、今まで気付かなかったなんて……！）

十郎が、一歩後ずさった。辺りはもう暗くて、とても寒いのに、汗が一筋こめかみを流れ落ちていく。

「……まさか」

「バカかオマエは！　こんなの、いかにも兄ちゃんが好きそうなイタズラじゃねーか！　なぁ、兄ちゃん？」

亘が、いつもそうするように、軽く保さんの肩を叩《たた》いた。（止《よ》せ！　離れろ‼）という十郎の思いを声にする間もなく、保さんが亘の手首を摑《つか》み、その体を無造作《むぞうさ》にこっちへ放り投げた。放物線など描きもしない。すごい速さで、真《ま》っ直《す》ぐに飛んでくる。

『馬鹿《ばか》！　避《よ》け……』

ぶつかる直前、十郎は自分も後ろへ飛んだ。亘の体を受け止め、その勢いで枯れ草の上を転がる。素早く体勢を立て直し、亘を庇《かば》うように、彼の前に立った。

「オイ……マジかよ!?」

後ろから、亘の声が聞こえる。ようやく状況を飲み込めたらしい。

「お前、いつから……」

先頭を歩いていたせいで、私も十郎も、保さんの変化に全く気付かなかった。

「こいつは偉いぜ？　おめぇらを守るために、ちゃんと一番後ろを歩いてよぉ。……でも、勘《かん》がいいのがいけなかったなぁ。木の上にいた俺と、目が合っちまった」

〝饒舌《じょうぜつ》な保さん〟には、ものすごく違和感があった。十郎が上着のポケットに手を入れかけて、（あ、御箱！）と思う。そうだ……さっき保さんに……。

「馬鹿が！　箱見せろっつったのも〝俺〟なんだよ！　これがなきゃ、おめぇなんてすぐ殺せる。あんとき俺を消さずに封じたことを、後悔させてやるぜぇ！」

保さんが、後ろ手に持っていた巾着袋をこっちに見せて、言う。……クソ！　迂闊《うかつ》だった！

「私はお前なんか知らない!!」

「うるせぇ!!　女のふりして俺を騙《だま》しやがって！　あんときは封じられちまったが、もう騙されねぇ。おめぇは、男だ!!」

「えぇ!?　そうだったのか!　どうりで男らしい性格だと思ったんだよなー」

亘が背中越しに言った。

「違うに決まってんだろ馬鹿!　信じるな!」

こいつ、あっちの〝八重〟に封じられた霊なのか……。生まれ変わりとはいえ別人なんだから、私を恨まれても困るんだけどなぁ……。それを感じ取って、(〝あっちの八重〟ってなんだよ?)と訊く十郎に、『あとで説明する』と答えた。

「女の声色《こわいろ》なんか使ってんじゃねぇ!　もうばれてんだぞ!」

「だから、私は……」

そう言いかけた時、十郎が突然ジャケットのジッパーを下ろし、バッと前を開いた。

『な、何してんだ!?』

(え?　だって……ジャケットの上からだと、胸あるのわかんねぇかな、と思って)

『そんなもん、わかんなくていいんだよっ!!』

こーの天然野郎がっ!　こんな非常時にそんなの発動すんな!

「お喋《しゃべ》りはもう終わりだ!　殺す!」

ほらー!　あちらさんも怒ってるじゃないか!!

保さんの体がグラリと傾き、そのまま前傾姿勢で走り始める。十郎もすぐに振り返り、まだ地面に座り込んでいた亘の腕を摑んで立たせ、全力で走り出した。

「左に行け、亘！　振り返るな!!」

「え？　あ、オイ!!」

摑んでいた亘の腕を放し、十郎は直進する。保さんの足音は、やはりこちらを追って来た。……これで、亘が人を呼ぶ時間を稼げそうだ。鳩岡公園の端まで来たらしく、緩《ゆる》やかに傾斜が付き始めたが、十郎は更《さら》に速度を上げて走った。


『なんか当てがあって走ってんの？』

枯れ葉を踏む音が、暗い森の中に響く。日はとっくに沈んでいた。

(ない！　亘が助けを呼んでくれるまで逃げる！)

『そんなに保《も》つわけないだろ!?』

もうかなり山を登ったはずだ。中腹辺りまで来ていると思う。鈍くなった私の感覚では、今どのくらい苦しいのか正確にはわからないが……この激しい呼吸音が、限界が近いことを告げていた。このまま走り続けるのは、どう考えたって無理だ。

(明かりだ！)

顔を上げて、十郎が思う。木々の隙間《すきま》から、幾《いく》つもの照明が見えた。道路が通っているのだ。よかった……！　アスファルトなら、もう少し楽に走れる！　急勾配《こうばい》を踏みしめ、落ち葉に足を取られながら走る。もう少し……。

急に、今まで後ろから聞こえていた足音が消えた。

(……上か！)

隠すのを止《や》めたその強い気配に、十郎が反応する。地面を蹴って後ろへ飛《と》び退《の》くと、まさに今立っていた場所に、保さんが着地した。な……何メートル飛んだんだよ!?

「おめぇも、もう飽きたんじゃねぇか？　鬼ごっこはよぉ」

光を背にして立つ保さんの表情は、闇《やみ》に塗りつぶされていて見えない。私の体は息が上がっているのに、保さんの呼吸は普段とそれほど変わっていなかった。

(逃げられない。……やらなきゃ、やられる)

十郎が、顎《あご》の高さで拳《こぶし》をかまえる。吐く息が、保さんの姿を曇《くも》らせた。

「やる気になったみてぇだな」

クツクツと喉《のど》の奥で笑って、なんのかまえもなく、真っ直ぐこっちに歩いて来る。保さんって、向き合うとこんなに恐ろしく感じるのか……。それは、私と十郎、どちらが思ったことなのかわからなかった。たぶん……どちらもそう思ったのだ。

目の前で突然しゃがんだ保さんは、地面すれすれに回し蹴りを放つ。舞い上がった枯れ葉が、電灯の明かりを受けて光る。それを後ろに飛んで躱《かわ》し、立ち上がった保さんの懐《ふところ》に飛び込んだ。鳩尾《みぞおち》に拳を叩き込んでも動きは止まらず、肩を押されて後ろに吹き飛び、登ってきた斜面を滑り落ちる。途中で木の根に引っかかり、落下が止まった。幹に手を着き、すぐに立ち上がる。

『……お前、手加減しただろ』

腹を殴《なぐ》る時、一瞬躊躇《ちゅうちょ》したのだ。

(だって……仲間なんだ！　あれは他人じゃない、俺の友達だ！)

十郎が、そう訴える。

『お前がそう思っても、あっちはそう思ってくれない』

(そんなの……わかってる)

十郎が頭を左右に振ると、髪に絡《から》まっていた枯れ葉がハラハラと落ちた。私の体が滑った所だけ、枯れ葉が押し退けられて道のようになっている。その、土がむき出しになった道を、保さんがゆっくり近付いて来る。十郎は背にしていた木から離れ、迎《むか》え撃《う》つためにきつく拳を握った。

『十郎、手加減はなしだ』

かまえたまま、下唇《したくちびる》を噛《か》んで小さくうなずく。道路から離れたので、光が弱くなってしまった。濃い灰色のコートを着ている保さんは、目を凝《こ》らしていないと、すぐ闇に紛《まぎ》れてしまう。

今度は、十郎から向かっていった。頭を掴もうと伸びてきた右腕を避け、顎めがけて右ストレートを繰《く》り出《だ》す。しかし、寸前の所で左手に受け止められ、当たらなかった。拳を掴まれる前に、素早く後ろへ下がる。追って繰り出されたハイキックを屈《かが》んで躱し、がら空《あ》きになった腹を二発殴った。

すぐに離れようとしたが、ジャケットの左袖《そで》を掴まれ、すごい力で引き寄せられる。十郎がジャケットから右腕を抜くと、スルリとジャケットが脱げ、後ろに体重をかけていた保さんがひっくり返った。……十郎がジャケットの前を開けたままにしていて、本当に良かった。前が閉まっていたら、こんな風に脱げなかったはずだ。

「ちっ!」

舌打ちをして、保さんが私のジャケットを踏みつける。ああっ! 気に入ってたのに!

(八重! 左から、亘が近付いてくる!)

視線が、くしゃくしゃにされたジャケットから、左の森へ動いた。

『やった! 誰と一緒なの?』

暗くて見えないが、きっとたくさん人を呼んで……

絶対誰か連れて来ると思ってたのに！　今までの時間稼ぎはなんだったんだ⁉

（いや、一人だ）

『はぁ⁉』

「誰だ……？　ああ、あの灰色の髪の奴《やつ》か」

保さんに憑いている霊も、亘の気配に気付いたらしい。

「弟はなんの役にも立たないから痛めつけても仕方ない、だとよ！　ひでぇ兄貴だなぁ、こいつ！」

保さんの考えを読み取り、霊がそれを笑っている。取り憑かれていても、保さんの意識はハッキリしているようだ。

「雑魚《ざこ》から片付けるべきだよなぁ、やっぱり」

そうつぶやいて、保さんが左方向へ歩き出す。十郎が走り出て、その前に立ちはだかった。

「行かせない……！」

体が震えて、小さく奥歯が鳴っている。きっと、ジャケットを取られたことだけが原因じゃない。

口を奇妙に歪《ゆが》めて笑いながら、保さんが殴りかかってくる。すれすれで避ける度《たび》に、風を切る凄《すさ》まじい音がした。……一発当たったら、本当に死んでしまうかもしれない。

「八重!!」

少し離れた所から、私を呼ぶ声が聞こえる。振り向く余裕はなかった。

「なんで一人で戻ってきたんだ!!」

「ちゃんと大奥さんに電話してから来たんだから、いいだろ!?」

今度は、すぐ後ろから聞こえた。呼吸が荒い。ここまで走って来たのだろう。祖母に連絡を入れたのなら、きっともうすぐ、本当に助けが来るはずだ。

(マズイぞ、八重。こいつ……だんだん保の体に馴染《なじ》んできてる)

それは、私も感じていたことだった。今までは一つ一つの攻撃がバラバラだったのに、だんだん数種類の攻撃が流れるように繋《つな》がってきている。蹴りを避けたところにパンチを出したり、足払いを避けて飛んだ体を捕まえようとしたり……。十郎の超人的な動体視力と反射神経で辛《かろ》うじてこれを避けているが、私の体のほうはもう限界だった。やはり、全力疾走《しっそう》で山を登ったのが効いている。

腿《もも》の筋肉が痙攣《けいれん》し、一瞬動きが止まった。そこに、顔面を狙《ねら》った上段蹴りが繰り出される。避けられない……! 十郎が両腕を上げ、顔をガードした。

……しかし、予想していた衝撃は来なかった。十郎がガードを解いて前を見ると、保さんの右の脇腹《わきばら》に、亘が体当たりをしていた。二人はもつれたまま斜面を転がり、大きな杉の木に当たって止まる。その上に、枯れ枝がバラバラと降った。

「バカ‼ 八重の体じゃ、ガードしたって骨がイッちまうぞ⁉ 避《よ》けろ‼ 受けんな‼」

倒れたまま、亘が叫ぶ。保さんが立ち上がり、亘の胸倉を掴んで片手で持ち上げ、木の幹に押し付けた。

「あいつが戦ってる間に逃げればよかったのによぉ！ どこから折ってほしい？ 腕か？ 足か？ ……最初に首折っちまったら、そのあと楽しめねぇからなぁ！」

木に強く押し付けられ、亘が咳《せ》き込《こ》む。

「止《や》めろ‼」

十郎が斜面を駆け下り、その勢いで保さんの脇腹を殴った……が、腕の戻しが遅れて、手首を掴まれてしまう。

「急ぐんじゃねぇよ。おめぇは後だ」

次の瞬間、ぶん、と、宙に放り出された。

(あっ！ 八重……！)

体から、ずるりと冷気が抜ける。十郎の声が、聞こえなくなった。外気の冷たさや筋肉の軋《きし》みを、リアルに感じる。……憑依が、解けてしまったのだ。低い所に突き出ている木の枝が、私の体に当たって何本か折れた。体を丸めて、その衝撃に耐える。……下から、亘の悲鳴が聞こえた。最初に折られたのは、どこの骨だったんだろう。

落下を始めた自分の中心が、急速に冷えるのを感じた。鳩尾の辺りから、体の隅々まで冷気が広がっていく。空中で体をひねり、両足できれいに着地した。耳に入って来る音が、ひどくぼやけている。……〝八重〟だ！

「お前のことは、よく覚えている。美男子ばかり殺していた正吉《しょうきち》だろう？」

私の声に、保さんが振り向く。その足下には、左腕を抱え込んでうずくまる亘の姿があった。

「へへ、やっぱ覚えてんじゃねぇか！」

「忘れたくとも忘れられんよ。……逆恨みで人を殺《あや》める、お前のような醜男《ぶおとこ》はな」

私の目が、相手を見下すように細められる。保さんの表情が、見る見る変わっていく。

「殺す！　今すぐ殺すっ!!」

激怒して叫び、真っ直ぐこっちに走って来た。私は地面に片膝《かたひざ》を着き、両方の手のひらを、そっと枯れ葉の上に置いた。手のひらに、何か強烈な力が集まるのを感じる。手の周りにある枯れ葉が、その力に耐え切れず、幾枚もはじけ飛んだ。

「沈め‼」

そう叫んで、手のひらをグッと地面に押し付けると、目前まで迫って来ていた保さんの足下に、突然穴が空《あ》いた。踏みしめる地面を失った体が、吸い込まれるように穴に落ちていく。

「なっ⁉　オマエ、何したんだよ⁉」

横たわったまま、顔だけこっちに向けて、亘が言った。

「力で地面を押して、部分的に沈めただけだ」

当たり前のようにそう答え、直径二メートルほどの穴の縁《ふち》から底を覗《のぞ》き込《こ》む。五、六メートル下から、罵声《ばせい》が聞こえてきた。穴の底は真っ暗なので、どうなっているのかは見えない。

「……これでは、まだ足りないな」

顔が動いて周囲を見回し、穴の脇に立っている木に近付いた。幹に手を当て、小さな声で「悪いな」と言い、軽く叩く。叩いた所からバキバキと亀裂が入り、そこから木が折れ、ゆっくりと傾いていった。頭上から、折れた枝や枯れ葉が、雨のように降ってくる。……お腹に響くようなものすごい音を立てて、穴の上に木が倒れた。木の幹で、穴に蓋《ふた》をしたのだ。

もう一本同じように木を倒し、穴の出口を木で完全に塞《ふさ》いでから、亘に駆け寄った。

「こんなものでは長く保たない。今のうちに、できるだけ離れるぞ」

亘の上に降り積もった枝や葉っぱを払い落とし、肩を掴んで体を起こしてやる。

「痛い痛いっ!! 折れてるから! 折れてるからぁー!!」

「叫ぶな。骨に響いて、痛みが増す」

払い落とした枝の中から、太い物を選んで拾い上げ、空いた手でズボンのポケットを探った。

「縛《しば》る物がないな……。お前、何か持ってないか?」

「持ってねーけど……ってオイ! 何してんだ!!」

枝を脇に挟んで、両手で亘のベルトを外《はず》す。引き抜いたベルトと木の枝で、折れた左腕を固定した。

「オマエどうしたんだよ!? なんかおかしいぞ!?」

ようやく私の変化に気付いた亘は、右手で恐る恐る私の頬《ほお》に触れて、すぐに手を引っ込めた。

「冷たい……。オマエも、取り憑かれてんのか……?」

「説明は後だ。腕の痛みはしばらく我慢してくれ」

後ずさる亘の体を強引に捕まえ、背負う。そのまま、斜面を滑るように走り出した。進行方向に突き出している枝や草が、〝八重〟の力に押されて折れ、道を空ける。

「エヘ……いい匂いがする」

髪に頬を擦《す》り寄《よ》せて、亘が言った。いつもの私ならぶん殴っているところだが、今の私は速度を落とさず、「黙っていろ。舌を噛むぞ」としか言わなかった。調子に乗った亘は、ずっと頬を擦りつけている。……元に戻ったら、絶対殴ってやる‼


調子良く山を下っていた体が、突然ピタリと止まった。

「すまん、八重。力を……使いすぎた」

ポツリとつぶやいて、急速に冷気が引いていく。周りの音が、戻ってきた。

「どーした？　疲れたのか？」

相変わらず髪に擦り寄っている亘に、反動をつけて思い切り頭突きをかましてやった。

「グワッ‼　痛《いて》ぇ！　腕と鼻が痛《いて》ぇー‼」

「黙れ、馬鹿‼　今度頬ずりしたら山に捨てていくからな‼」

ずり落ちてきた亘を背負い直し、また走り出す。クソ……重い！

「なんだよー⁉　さっきまで優しかったのに‼」

もう無視することにした。というより、思っていた以上に体がガタガタで、喋るのもしんどい。僅《わず》かな月明かりを頼りに木を避けて進んでいるのだが、小枝や背の高い草までは見分けられなくて、腕や足に当たる。それが、かなり痛い。

「こーんちくしょーっ!!」

叫んで、走り続けた。もう誰にも頼れない。今は、私が走るしかないんだ。

……それにしても、十郎はどこまで飛ばされたんだろう。幽霊《ゆうれい》は物をすり抜けるので、木の枝にぶつかって勢いが弱まったりしない。だから、地面に落ちるまで、どこまでも飛んでいってしまうのだ。早く合流できるといいんだけど。

やがて、行く先に明かりが見えた。車のクラクションが、何度も鳴らされる。道路があって、誰かが車で助けに来てるんだ！　力を振り絞って走り、道路に出る。

「また会ったな、ドーター！」

後部座席のドアを開けて待っていたのは、母……に憑依した小《お》沢《ざわ》潤《じゅん》だった。……嬉しいけど嬉しくない……。

「早く乗んな！　風の世界に連れてってやるぜ!!」

痛みのせいでグッタリしている亘を先に押し込み、自分も乗り込んでドアを閉めた。

（八重！　無事でよかった！）

肩の前面に冷気が当たり、十郎が言った。助手席に乗っているらしい。

「助けに行ったら、空からこいつが降ってきたからさー。乗っけてナビさせたってワケ」

それで、ちょうどいい所に車が止まっていたのか。

（小沢さん、車出してください！　もう来ます！）

十郎がそう叫んで、肩から冷気が離れた。

「任せな！　俺の逃げ足の速さはＦ１《ワン》級だぜ!!」

車が急発進する。バックミラー越しに、道路へ走り出て来た保さんが見えた。前傾姿勢で走り、追いかけて来る。

「ヒャッホー!!　ぶっちぎってやるぜ!!」

保さんを見てテンションが上がった小沢は、更にアクセルを踏み込んだ。加速して体にＧがかかり、シートに押し付けられる。

「安全運転しろぉ――――!!」

こいつ、絶対馬鹿だ!!　山道でこんなスピード出すなんて、絶対馬鹿だぁっ!!

てっきり病院へ向かっているものと思っていたが、小沢は病院前の道路を猛スピードで走り抜けた。さすがに、もう保さんの姿は見えなくなっている。

病院前から更に五〇〇メートルほど進んだ路上で、小沢は急にハンドルを切り、車体を真横に向けた。そのまま車体が道路をスライドし、路面とタイヤが擦《こす》れるけたたましい音を立てて止まった。

「着いたぜ、ドーター！　芸術的な停車だっただろ？」

小沢が振り向き、親指を立ててウィンクしながら言う。……柳沢慎吾《やなぎさわしんご》みたいだ。

「普通に止まれないのか！　怪我人乗ってんだぞ!?」

散々揺さぶられて放心している亘の頬を、名前を呼びながら軽く叩いた。

「あれ……？　オレ、まだ生きてる？」

ぼんやりした目で私を見上げて、そうつぶやいた。さすがに、ちょっと可哀想《かわいそう》だな……。

「大丈夫《だいじょうぶ》。生きてるよ」

「……とにかく、早くこの車から降りたい」

すっかり弱ってしまった亘に肩を貸して、車から降りる。疲労と小沢の馬鹿運転のせいで、体がグラグラした。

「ごめんねー。小沢くん、根っからの走り屋さんだから」

先に車から降りていた母が、ふらつく私の体を支えた。もう憑依は解いたらしい。

「亘くんは私が預かるから、八重ちゃんはあの人達のところに行ってね」

母が指差すほうには、三人の人影があった。この辺りは道路灯の設置間隔が広いので、電灯と電灯のちょうど真ん中にいる三人の姿は、暗くてよく見えなかった。

「亘くん、おいでー」

「はぁーい！」

母に呼ばれて、亘が離れる。すぐに、母が亘を支えた。肩にかかっていた重みが消え、ようやく真っ直ぐ立てるようになった。強張《こわば》った肩を回しながら、人影のほうへ歩く。途中で、十郎が右手首を掴んでついて来た。

（あの三人……全員霊を憑依させてる）

ということは、本家から来た霊媒師《れいばいし》なのかな……。近付くにつれて、暗いながらも輪郭《りんかく》がくっきりと見えてくる。やっぱり、全員女の人だ。

「またお前に会うとは思わなかったよ、八重。女に生まれ変わった気分はどうだ？」

一番背の低い人——私と同じくらいの歳《とし》だろうか——が、私を見てニヤリと笑った。この女の子に憑依している霊は、私の中にいる〝八重〟を知っているらしい。

「至時様《よしときさま》、この娘さんにそのようなことをおっしゃっても仕方がないんですよ？　八重様ではないんですから」

隣に立っていた長身のおばあさんが若い女の子にそう言うと、女の子は、「どうせ同じ名前なんだろうが」と言い返し、道路の脇のほうへ行ってしまった。

「申し訳ない。あの方《かた》は、ちょっと不躾《ぶしつけ》なものでね。……ああ、もう来てしまうね。私はあちらから結界を張るので、もう行かなければ。説明は、これから聞いてくれ」

そのおばあさんは、女の子とは逆側の道路脇へ走っていく。〝これ〟と言われた中年の女と他二人を結ぶと、ちょうど正三角形になっていた。

（お前、この人達に憑いてる霊と知り合いなのか？）

隣で様子を見ていた十郎が、私に訊く。

『私は知らないんだけど……たぶん、もう一人のほうの知り合いで……』

（だから、その〝もう一人のほう〟ってなんなんだよ？）

『それを説明すると長くなるから、また今度ね』

一人残された中年の女が近付いて来たので、（今度っていつだよ!?）と言う十郎を無視して顔を上げた。

「生まれ変わりというのは、これほどに似るものなんですね！　ちっとも変わってらっしゃらない！」

中年の女は、満面の笑《え》みを浮かべながら私の右手を掴み、強引に握手をする。

「でも、あなたは私のことをご存知ないんですよね……。八重様とは、一緒に全国を旅したんです。とっても優しい方でした」

心から懐かしそうに、私を見た。……なんだかくすぐったい。

「重新《しげよし》！　無駄口を叩くな！」

遠くから女の子に怒鳴《どな》られ、「はい、すみません!!」と返事して、私の手を放す。

「あなたの仕事は、私達三人を繋いだ三角形の内側に悪霊を呼び込むことです。大丈夫！　簡単なことですから！　私の前に立って、悪霊が境界内に入ったら、私より後ろへ下がってくれればいいんです」

〝重新〟と呼ばれた女は、説明を終えると、道路に片膝を着いて座った。私は言われた通り彼女の前に立ち、道路灯に照らされた道の先を見た。十郎が、（代わったほうがいいか？）と訊いてきたが、『ううん、平気』と答えて下がらせる。

私の中にいる〝八重〟が、憑かれた人を結界に閉じ込めておけば、そのうち体から霊が抜け出て来る、という話をしていた。きっと、これからこの三人が張る結界がそれなのだろう。

見つめる先に、小さな人影が見えた。わき目も振らず、こっちに走って来る。……小沢の運転でずいぶん差が開いたはずなのに、一〇分足らずで追い付くなんて異常だ。早くなんとかしないと、酷使《こくし》されている保さんの体がボロボロになってしまう……。次第に大きくなるその黒い影が、私を見て目を細めるのがわかった。爪先《つまさき》から震えが上ってくる。奥歯が鳴るのを、歯を食いしばって止めた。もう少し……もう少し近付いてから……。

「女！　出ろ!!」

道路脇に伏せていた女の子が、立ち上がって叫ぶ。その声に押されるようにして、保さんに背を向けて走った。

リィー……ン

澄んだ金属音に振り向くと、結界の中心に、耳を塞《ふさ》いでうずくまる保さんの姿があった。立ち上がった三人が、右腕を三角形の中心へ伸ばし、銀色の小さな鐘《かね》を振っている。それは、一つの鐘の音に聞こえるほど、全く同じタイミングで振られていた。……よく見ると、三人の口元が僅かに動いている。呪文《じゅもん》……なのかな。

「大成功ね」

背後から母が歩いて来て、私の隣に立つ。結界の中心を見つめたまま、私の手をギュッ

と握った。

「保くんを……助けたいね」

視線の先には、鐘の音に苦しむ保さんがいる。

「助けるよ。絶対」

そう答えて、繋いだ手を握り返す。

「……そうね」

母が静かにうなずいた時、病院のほうから数台の車が近付いて来た。ヘッドライトに照らされた母の横顔は、なぜか、ひどく辛《つら》そうだった。

6

亘《わたる》と一緒に救急車に乗り込み、安全運転の素晴らしさを噛《か》みしめながら病院へ戻った。

それにしても、一日に二度も救急車に乗るなんて、この先一生ないんだろうな……。いや、なくていいんだけど。

診察室に連れていかれる亘を見送ってから、母と一緒にロビーへ向かった。

(八重《やえ》ちゃん!!)

体の前半分が、ふわりと冷気に包まれる。ああ……美果《みか》さんの声だ。なんだか、ずいぶん久しぶりに聞いた気がする。

(こんなにボロボロになって……! ごめんね……ごめんね八重ちゃん)

『なんで謝るの? 美果さんは、何も悪くない』

だから……謝らないで。そんな風に、悲しそうな声を出さないでよ……。

(八重ちゃん!?)

「八重!!」

美果さんが驚く声と、駆け寄る誰かの足音。ぐらっと前に傾いた体を、その誰かが抱き留めてくれた。……ああ、父さんだ。服から、バニラエッセンスのいい匂《にお》いがする。そういえば、今日は朝のパウンドケーキ以降、何も食べてないんだった。お腹《なか》……空《す》いたな。

温かい手が頬《ほお》に触れて、名前を呼ばれる。何度も呼ばれる。……無理だよ、父さん。今はもう、指一本動かしたくない。少し眠りたい。ほんのちょっとだけだから……眠らせて……。

背中を撫《な》でられている。最初に、そう思った。

「すまなかった……。中途半端なところで、力を使い切ってしまって」

頭上から、私によく似た、少し低い声が降ってくる。

「一日に使える力には限りがあるというのは、知っていたんだ。……でも、お前の体で力を使うのに慣れていなくて、その……すまん」

「いいよ、別に」

瞼《まぶた》を持ち上げると、キッチリ揃《そろ》えられた膝《ひざ》が目に映《うつ》った。ゆっくり視線を上げていくと、こっちを見下ろしている彼と目が合った。

「お前のスイッチは、美果が握っているようだな」

手を伸ばして私の背中を撫でながら、彼が笑う。

「……そうかも。美果さんの声を聞くと、家に帰ってきた、って気持ちになるから」

さっきも、美果さんの声を聞いた途《と》端《たん》、ホッとして全身の力が抜けてしまった。そういう人が傍《そば》にいるというのは、とても幸せなことだと思う。

体を起こし、うーん、と伸びをした。強い緑の匂いと、満天の星空。ここの風景は、ずっと変わらないんだな……。

「本当は、保《たもつ》が憑依《ひょうい》されてすぐに助けようと思ったんだが、出られなくてな……」

「……どういうこと？」

「どうやら……お前が霊を憑依させている間は、表に出られないらしい。……本当にすまない」

私は、申《もう》し訳《わけ》なさそうに肩を落とす彼に笑いかけた。

「謝らなくてもいい。すごく感謝してるんだから。な？」

少し背の低い彼の顔を覗《のぞ》き込《こ》み、軽く肩を叩《たた》く。彼は嬉《うれ》しそうに目を細めて、こくり、と小さくうなずいた。

湖岸に並んで座り、二人でぼんやりと湖面の星空を眺《なが》める。とても、静かだった。

「ねぇ。あの結界張ってた三人って、お前の知り合い？」

もちろん、〝三人に憑依していた霊〟という意味だ。

「ああ。三人とも、よく知ってる。中年の女と老女に憑《つ》いていた霊は、かつて共に旅をした仲間だ」

彼は湖のほうを向いたまま、懐かしそうに目を細める。

「女の子に憑いてた、一番偉そうな霊は？」

私がそう訊《き》くと、彼は、「偉そうか……」とつぶやいて笑った。

「あれは、私の師匠《ししょう》だった方だよ。昔は、結界の張り方や呪符《じゅふ》の書き方を、祖先の霊に教わっていたんだ。能力の高い男は皆旅に出ていて、あまり家にいなかったから」

ということは、至時《よしとき》ってのはこいつが産まれた時には、もう霊だったたってことだよな？

少なくとも、一八〇年以上前の霊なのか……途方もないなぁ。

「男に強い霊力が備わらなくなってからは、祖先の霊を憑依させた女が除霊を行うようになったのだと話には聞いていたが……実際に見ると、歯痒《はがゆ》いものだな」

　彼は片膝を抱《かか》え込《こ》み、そこに顎《あご》を乗せた。

「女にばかり、あのように重荷を負わせて……」

　下唇《したくちびる》を噛んで、目を細める。私は、彼の頭をクシャクシャと撫でた。

「お前は、背負い込みすぎだ」

　私とは違う真っ黒い目が、私を見る。

「でも……」

「いいんだよ！　お前は生きてる間にたっぷり働いたんだから、もうゆっくりしていいんだ」

　私が背中を軽く叩くと、彼はクシャクシャになった髪を直しもせず、にこ、と笑った。

「そうか……ありがとう」

そう言って、また静かな眼差《まなざ》しを湖へ向ける。一向《いっこう》に髪の乱れを直す気配がないので、仕方なく、私が手櫛《てぐし》で整えてあげた。……祖母がこいつを弟扱いしたわけが、わかった気がした。

「保を、助けたいか？」

彼が、唐突《とうとつ》に言う。真摯《しんし》な瞳《ひとみ》を見つめ返し、「当たり前だ」と答えると、彼は嬉しそうに微笑《ほほえ》んだ。

「保を助けるには、絶対に御箱《おはこ》が必要なんだ。だから、もう一度あれと戦って、どうにかして御箱を取り戻さなきゃいけない」

「でも、あの結界に入れておけば、そのうち悪霊《あくりょう》が出て来るんでしょ？　わざわざ戦う必要なんてあるの？」

できることなら、もう戦いたくなかった。十郎も嫌《いや》がってるし、何より、勝てる気がしない。

「確かに、あの結界内に丸一日封じておけば悪霊は出て来るし、出て来ればまた封印できる。問題なのは……長時間取り憑かれたままだと、憑依されている人間の魂《たましい》が霊に取り込まれてしまうということなんだ」

「そんな……！　魂を取り込まれた後で除霊しても、元に戻らないってこと⁉」

私が問いかけると、彼はうつむいて、「そうだ。戻らない」と言った。

「全ての記憶を失い、自分では何もできなくなる。生きているだけの、人形のようになってしまうんだ。……そういう人を、何人も見てきた」

そうか……母はこのことを知っていたから、あんな複雑な表情をしたのだ。保さんを助けるためには、誰かがあれと戦わなきゃいけない。それをするのは、きっと自分の娘なんだ、って知ってたから……。

「魂が取り込まれるまで、どのくらいかかるの？」

「保《も》って二四時間。ただ、かなり個人差があるから……二〇時間を超えたら終わりだと考えたほうがいい」

あの霊が保さんに取り憑いたのは、ちょうど日が落ちる頃だったから……午後四時半くらいだろう。ということは、タイムリミットは明日の昼だ。

「私の力が戻るまでに、丸一日かかる。だが、それを待っていては、保の魂は救えない」

「……私が行くしかないってことか」

私がつぶやくと、彼は、「本当にすまない」と深く頭を下げた。

「いつだって、行った時にはもう手遅れだった。もう元には戻らないと知りながら、それでも悪霊を放っておくわけにはいかなかった……。一〇〇年以上旅を続けたっていうのに、助けられた魂は……ほんの一握りだ」

掠《かす》れた声でそう言って、自分の手のひらを見つめる。それをグッと握りしめて、顔を上げた。

「多くの魂がこの手からこぼれ落ちたが、保はまだ間に合う。お前なら、きっと救える」

彼の真《ま》っ直《す》ぐな眼差しが頼もしかった。彼が救えると言うなら、きっと救えるんだ、と思えてくる。

「もう行くよ。……夜が明けたら、保さんともう一度戦う」

私が決意を口にすると、急速に周りの色が褪《あ》せ始めた。目の前に立つ彼の色も、見る見るうちに薄らいでいく。

「何もしてやれないが、いつでもお前を思ってる。それを忘れないでくれ」

その言葉を最後に、目に映る全てのものが白く塗りつぶされた。

7

目を覚ましたのは、薄暗い病室のベッドの上だった。

掛け布団《ぶとん》を捲《めく》って体を起こし、壁の時計を見ると、午前四時五分を指《さ》していた。意識が飛ぶ前に見たロビーの時計は、確か……午後七時ちょっと過ぎだったから、九時間眠っていたことになる。どうりで頭がスッキリしているわけだ。

(八重《やえ》ちゃん、大丈夫《だいじょうぶ》?)

額《ひたい》が、ひやっとした。美果《みか》さんの声だ。

『うん。よく寝たから、もう平気』

(よかったよぉー！　私が抱きついたせいで死んじゃったのかと思った！)

そう言いながら、また抱きついてくる。首周りと右半身が冷えた空気に包まれて、ブルッと体が震えた。ちょっと……寒いな。

(ごめんごめん)

私の気持ちを感じ取った美果さんが体を離し、今度は右肩だけに触れた。

『さっきはびっくりさせてごめんね。美果さんの声聞いたら、緊張の糸がプッツリ切れちゃって』

(そっか……。とにかく、八重ちゃんが無事でよかった……！)

美果さんは、泣きそうな声でそうつぶやき……また私を抱きしめた。

美果さんから、父が食堂にご飯を用意していた、と聞いて、すぐに向かうことにした。さっきから胃がチクチクしているのは、めちゃくちゃお腹《なか》が空《す》いているからに違いない。

病室を出ると、ドアのすぐ脇《わき》に置かれたソファーに、七重《ななえ》が眠っていた。

(二時までは起きてたんだよー。……やっぱり八重ちゃんの妹なんだね)

七重は、夜更《よふ》かしは肌《はだ》に悪いからという理由で、いつも午後一一時には寝てしまう。そんな子が、私が起きるのを待っていたのだと思うと、ちょっと感動した。

「七重。風邪《かぜ》ひくよ」

肩を揺すると、偽物《にせもの》みたいに長い睫毛《まつげ》が、ピクリと震えた。緩《ゆる》やかに瞼《まぶた》が持ち上がる。薄い茶色の目が、私に向けられた。

「パジャマ、着せてあげたのよ」

そう言われて初めて、自分がパジャマを着ていることに気付いた。……全身泥だらけのまま寝かせるわけにはいかないよな、やっぱり。

「体に……痣《あざ》とか、擦《す》り傷とか、いっぱいあった」

七重はソファーから立ち上がり、私の頭を、左右から両手でがっしりと摑《つか》んだ。私より少し低い所にあるきれいな顔が、じっと私を見る。

「悔しいけど……どんなに傷だらけでも、八重はきれいだわ。真《ま》っ直《す》ぐ、生きてるから」

指先に、グググッと力がこもる。……い、痛いっ！

「ちょっ！　七重！」

七重の手を摑んで、頭から引き剝《は》がす。スッと手を下ろした七重は、一歩後ずさった私に、ニッコリと微笑《ほほえ》んだ。そのまま、何も言わずに背を向けて、廊下を歩いていく。……全然わからない。もう一六年も一緒に暮らしているのに、あの子が何を考えているのか、全然わからない。

（きっと、七重ちゃんなりの愛情表現なんだよー）

肩に触れて、美果さんが言う。愛情……？　アイアンクローが？

人気《ひとけ》のない深夜の病院を歩き、食堂を目指す。幽霊《ゆうれい》でも出そうなシチュエーションだなあ、と思う私に、美果さんが、（もう出てるじゃない！　私が）と笑った。……確かに。

【食堂】というプレートが貼られた両開きのドアを開《あ》けると、右端の一角だけ電気が点《つ》いていた。調理場の中に、人影が見える。

「父さん、お腹空いたー」

カウンター越しに声をかけた。……クリームシチューの美味《おい》しそうな匂《にお》いがする。

「八重！」

かき混ぜていた鍋《なべ》から顔を上げて、父がカウンターに近付いて来た。手を伸ばし、軽く肩を撫《な》でる。

「目が覚めてよかった……。すぐご飯にするから、そこに座ってなさい」

「はーい」

返事をして、カウンターに一番近い椅子《いす》に座る。一分と待たずに、クリームシチューとご飯が運ばれてきた。え？　ご飯？　と思われるかもしれないが、私はご飯にシチューをかけて食べるのが好きなのだ。父もそれを知っているので、シチューの時は必ずご飯を出してくれる。

シチューライスを食べる私を見て、正面に座った父が目を細めた。

「その食べ方、お義父《とう》さんに教わったんだよね」

「うん。そうだよー」

父の言う〝お義父さん〟とは、私の祖父のことである。

祖父はとても不器用な人で、いつまで経《た》っても上手《うま》く箸《はし》を使えなかった。だから、なんでもかんでもご飯にかけてスプーンで食べていたのだ。祖母に、

「箸が使えないなら、フォークで食べなさい！　みっともない！」

と叱《しか》られると、祖父は決まって、

「違うよ！　こうやったほうが美味しいからこうしてるんだよ！」

と言い返していた。……もちろん、それは箸が上手く使えないことを誤魔化《ごまか》すための言《い》い訳《わけ》だったのだが、その頃まだ小さかった私にはそれがわからず、本当に美味しいのだと思ってよく真似《まね》をしていた。その中で一番私好みだったのがこのシチューライスであり、祖父が亡くなってからも、その遺志を継《つ》いだ私がシチューライスの社会的地位向上に努めているのである。


もう一杯いけそうな腹具合だったが、後で戦う時に気持ち悪くなるかもしれないと思い、ごちそうさまを言った。父が食器を持って立ち上がり、流しへ持っていく。カウンターに肘《ひじ》を付いて中を覗《のぞ》くと、ちょうど父の手元が見えた。

「八重が倒れた時は、心臓が止まりそうになったよ」

スポンジを握って洗剤を泡立てながら、父が言う。

「心配かけてごめんなさい」

食器を洗う父の手を見る。大きな手だな、と思った。

「僕は、詳《くわ》しいことは知らないけど……あんまり無茶なことはしないでほしい。ケンカなんて、本当は絶対にさせたくない」

話しながら蛇口《じゃぐち》をひねり、泡を流す。私は、何も答えられなかった。

「でもそれ以上に……友達のために戦える八重を、心から誇りに思うよ」

顔を上げた父は、とても優しい目で私を見た。胸の辺《あた》りが、じんわりと暖かくなる。

「そうだ！　抹茶《まっちゃ》クッキーを作って待ってるよ！　八重、好きだろう？」

「うん、大好き」

クッキーも……父さんもね。


服を着替えるために、目を覚ました六〇六号室へもう一度戻った。中へ入ると、ベッドの上に、さっきまではなかった大きな紙袋が置いてあり、中に私の服が入っていた。もちろん、今日着ていた汚れた服ではなく、家のクローゼットに入っていた洗濯済みの服だ。

（それ、七重ちゃんがパジャマと一緒に持ってきた服だよ）

美果さんがそう教えてくれた。中身を取り出し、ベッドに並べる。良かった！　ズボンとスカート両方入ってる！　スカートしかなかったら、ズボンを調達しなければならないところだった。

（左耳の上の所、髪の毛に枯れ葉が絡《から》まってる）

美果さんに言われて、そのあたりに手櫛《てぐし》を通す。床《ゆか》に、ひらりと枯れ葉の切れ端が落ちた。壁の時計は、あと二分で午前五時になる。夜が明けるのは六時半くらいだから、まだ時間はある。

「シャワー浴びようかな」

祖母の病室と同じような部屋だったから、きっとこの部屋にもお風呂《ふろ》が……あったあった。

（私、ちょっと絹代《きぬよ》さんの所に行ってくるねー）

そう言い置いて、美果さんの冷気が離れていった。そういえば、昨日《きのう》の夕方喋《しゃべ》って以来、祖母を見ていない。……あとで病室に寄ってみよう。

脱衣所には大きな鏡があって、そこに自分の上半身が映《うつ》っていた。背中を向けて首をひねると、左肩の後ろに大きな擦り傷ができていた。その他にも、青痣や小さな切り傷、擦り傷があちこちにあって、悲鳴を上げたいくらいお湯がしみた。シャンプーの泡に土が混ざって茶色く濁り、髪を洗い終えた後に排水溝を見ると、木や草の破片が引っかかっていた。

傷に注意しながら体を拭き、ベッドに出しておいた服を着る。部屋を出ようとドアノブを掴んだ私は、自分がスリッパを履《は》いていることに気付き、引き返して靴《くつ》を探した。ドロドロだったはずのショートブーツは、きれいに泥を払われ、ベッドの足下に揃《そろ》えて置いてあった。……家族の誰かがやってくれたのだろう。

廊下に出て、左右を見る。えーっと、祖母の病室は……こっちか？　さっき美果さんに何号室なのか訊《き》いておけば良かった。とりあえず、勘《かん》で歩いてみる。

（八重！　起きたんだな）

四歩左へ歩いたところで、右手首に冷えた空気が触れた。十郎《じゅうろう》だ。

（もう立って平気なのか？）

『うん。眠かっただけだから』

十郎はホッと息を吐《つ》いて、（そっか。よかった）と言った。

『十郎は今までどこにいたの？』

（この中。お前には美果さんが付いてたから、俺はこっちで亘《わたる》の様子を見てたんだ）

どこを指《さ》しているのかは見えないが、立っている場所からいって、この病室――私が眠っていた部屋の左隣《ひだりどなり》――の中に亘がいるらしい。

『で、どうなの？』

その病室のドアをノックする。……返事がない。

（左尺骨《しゃっこつ》の骨折と、右足首の捻挫《ねんざ》。あとは、擦り傷が数か所）

ちなみに、手首と肘を繋《つな》いでいる二本の骨の、小指側が尺骨である。右腕じゃなかったのは、不幸中の幸いだろう。

「亘？」

返事がないので、中へ入ってみる。電気は消えていたが、カーテンが全開になっており、月明かりで病室の様子を知ることができた。微弱な光に照らされた室内を横切り、窓ガラス越しに空を見上げる。一本の線のような、細い月が出ていた。

病室のほぼ中央に置かれたベッドまで戻り、胸の辺りを規則正しく上下させている怪我《けが》人を見た。……霊に憑かれていたとはいえ、実の兄に腕を折られたのだ。辛《つら》くないわけがない。

額《ひたい》に貼られた冷却シートの上に手を乗せると、生温かかった。熱、あるのかな。

「……誰？」

亘が、怠《だる》そうに目を開《あ》ける。私を見て、目を細めた。

「まさか、オマエに夜這《よば》われるとは思わなかった」

「変な言葉を造《つく》るな」

額から手を離し、少し下がってきていた布団を、肩まで引き上げてやる。

「寝てろ。……早く治せ」

「オマエって、全部命令口調だな」

亘は微《かす》かに笑って、すぐに顔を顰《しか》めた。笑うと骨に響くのかもしれない。

「寝ろよ。ここにいてやるから」

ベッドの足下のほうに浅く腰かけて言うと、頭のほうから、「うん」と声がした。


亘が眠るのを待つ間、十郎に事情を説明した。

私と思考を交《か》わし、事態を把握した十郎は、(戦わなきゃいけないんだよな……)と、独《ひと》り言《ごと》のようにつぶやいた。

『強制はしたくないんだ。……どうしても嫌《いや》なら、来なくてもいい』

(俺が行かなかったら、お前が戦うつもりか?)

『うん』

そりゃあ、私が十郎の真似をして戦っても、十郎の強さとは比べものにならないだろうけど……それでも、友達同士を無理矢理戦わせるなんてことは、絶対にさせたくない。私だって運動神経はいいほうなんだから、重傷覚悟で飛びかかれば、きっと御箱《おはこ》を取り戻せる……と思う。

(安心しろよ。俺も行くから)

　私の思考を読み取り、十郎が小さく笑って言う。

『でもお前、本当にいいのか……？』

（らしくねぇんじゃねぇの？　いつものお前は、そんなんじゃねぇだろ）

　十郎がそう言って、ポン、と背中を叩《たた》いた。背中に冷気が触れたので、反射的にブルッと体が震える。……ようやく、気持ちが定まった。

『一緒に来い』

　強く、そう思う。

（おう）

　そう返事をした十郎が、隣で笑う気配がする。……十郎に気を遣《つか》うなんてどうかしていた。私の体は、十郎の体でもある。それを守るために十郎が戦うのは当然のことなんだから、変な気を遣う必要は一切なかったのだ。

　亘の呼吸音が一定になってきたので、できるだけ音を立てないように立ち上がり、ドアのほうへ踏み出した。

「嘘吐《うそつ》き」

　その一歩が床に着くか着かないかのタイミングで、背後から声をかけられる。振り返ると、亘がこっちを向いてむくれていた。

「ここにいる、って言ったクセに」

「うん、ごめん。……もう行くよ」

そう言って再び背を向けた私に、亘がこう言った。

「兄ちゃんのこと、頼む」

それは、今までに聞いたことのない、真剣な声だった。

「わかった」

深くうなずいて答え、ドアノブを回す。開いたドアから部屋の中へ、廊下の明かりが差し込んだ。

「あ……八重。ちょっとだけ、十郎置いてってくれ」

「え？　うん、別にいいけど」

私は手首に触れている十郎に、『じゃあ、ロビーにいるから』と伝え、亘の病室を後にした。


【六〇五号室にて、十郎】

「兄ちゃんと、全力で戦ってやってくれ」

ポツリと、亘が言う。八重の気配が部屋から離れていくのを感じながら、亘の枕元に立ってその顔を見下ろした。……疲れた顔をしている。

「オマエ、覚えてるか？　オレ達がまだ路上で演《や》ってた頃に、絡《から》んできた一〇人くらいのヤンキーを、オマエと兄ちゃんでぶっ飛ばしたことあっただろ？」

よく覚えていた。それは、保と初めて会った日のことだったから。

「兄ちゃんが格闘技《かくとうぎ》習い始めたのって、あん時からなんだ。子供の頃から人並み外《はず》れてケンカ強かったけど……たぶん、オマエの戦ってるところを見て、コイツには敵《かな》わない、って思ったんじゃねーかな」

確かに、あの時はまだ俺のほうが強かったと思う。保の戦い方は我流だったから、攻撃に流れやリズムがなかった。

「オマエが事故った日、兄ちゃんは、オマエに試合を申し込もうと思う、って言ってたんだ。やっとオマエの強さに追いついた気がするから、って。……でも、オマエは全然来なくて……代わりに、社長から電話が来た。オマエが死んだ、って」

亘が窓の外に目を向ける。俺も、頼りなくひょろ長い月を見る。

三年前の八月三一日。

朝から暑い日だった。その日、俺は亘のマンションへ、できたばかりの楽譜《がくふ》を届けることになっていた。

午前一一時には、もう三四度を超えていた。俺達のマンションは近いから、いつもは自転車で行ってたんだけど、その日はバイクで家を出た。少し離れた所にある洋菓子屋で、アイスを買ってから行こうと思ったからだ。

六種類のアイスを買い、ドライアイスを入れてもらって店を出る。袋をハンドルに引っかけて、熱風を体に受けながら、亘の家に急いだ。

商店街の真ん中を通る道を走っていたら、脇道《わきみち》から目を疑うほどのスピードでワゴン車が飛び出してきた。強くブレーキレバーを握ったが、スリップしてそのままワゴンに突っ込む。打ち水をしたばかりで、路面が濡《ぬ》れていたのだ。

開いたままの目に、濡れた黒いアスファルトが映《うつ》る。太陽を受けて、キラキラ光っている。離れた所に、アイスの袋が落ちていた。早く拾わないと地面の熱で溶けてしまう……。手を伸ばそうとしたけど、腕は少しも上がらなかった。

全身が、もう動かなくなっていた。

「オマエが死んでから、兄ちゃんは前以上にガムシャラに格闘技やってた。あのアホは、今もずっと、オマエの強さを追っかけてんだ。……だから、本気で戦ってやってほしい」

あの月みたいに、一筋残った保の意識がそれを望んでいるなら……俺は、全力を尽くして戦うべきだ、と思った。

「あーもう！　なに勝手に早死にしてんだ、オマエは!!　アレか!?　尾崎《おざき》気取りか!?」

亘の声に、振り向く。亘らしい物言いに、つい笑ってしまった。死んだことを怒られたのは、初めてだ。

「クソッ！　聞いてんのかチクショー!!　……なんかオレ一人で喋ってる気がしてきた……。よし、もう寝る！　もう寝るからな！　まだいるなら出てけよ!!」

そんなこと言われると、出ていきたくなくなる。自分が出した声のせいで腕が痛み、顔を顰めているバカな親友を見た。

「……バカ野郎！　なんで死んだんだよ……」

亘は、吐き出すようにそうつぶやく。

(ごめん)

聞こえないのは、知ってる。それでも、言わずにはいられなかった。

俺が二十歳《はたち》の時、通っていたボクシングジムに亘が入ってきた。入所の動機を訊かれ、「女の子にモテモテになるためです‼」と言ってコーチを呆《あき》れさせていた亘の姿を、今でも覚えている。

その日の帰り、いつものようにギターケースを肩に引っかけてジムを出た俺は、エレベーターに乗り、一階のボタンを押した。ドアが閉まりかけた時に、「ちょっと待ってー！」と叫んで駆け込んできたのが、亘だった。「お前もギターやってんの？　オレもオレも！」と話しかけられたのがきっかけで、俺達は友達になった。

俺のギターを聞いた亘は、「趣味のレベルじゃねーぞ⁉　よしっ！　来週から路上で弾《ひ》こうぜ。明日楽譜持ってくるから！」と勝手に話を進め、俺を路上へ引っぱり出した。

……半年後、演奏を聞いた事務所の社長にスカウトされ、俺達はメジャーデビューすることになった。

あの時、亘が俺を誘わなかったら、ジムの会長の押しに負けてプロボクサーになっていたかもしれない。そうなっていたら、たくさんの人に自分の音楽を聞いてもらうことも、八重と出会うこともなかっただろう。

俺は、寝息を立て始めた亘に、深く頭を下げた。

【六〇一号室にて、美果】

八重ちゃんがシャワーを浴びると言うので、六〇六号室を出て絹代さんの病室へ向かう。傷だらけの体を見るのが、嫌だったから。

友人《ともひと》さんの腕に倒れ込んだ八重ちゃんは、脱力しきってピクリとも動かなかった。あれは、眠ったのではなく、気絶したんだと思う。七重ちゃんが、パジャマを着せるために泥まみれの服を脱がせると、その体は、目を背《そむ》けたくなるような状態だった。昔本で見た、虐待《ぎゃくたい》された子供の写真を思い出した。……幽霊に涙を流す機能がなくてよかった。もしあったら、息ができないくらい泣いていたに違いない。

六〇一号室のドアをすり抜けると、ベッドに上半身を起こしてテレビを見ていた絹代さんが、私を見た。

「八重は起きたようだね。さっき七重が言いに来たよ」

(今、シャワー浴びてます)

「そう。安心したわ」

絹代さんの隣に、ベッドをすり抜けないように注意しながら、軽く座る。テレビでは、不発弾云々《うんぬん》のニュースが流れていた。……もう少しマシな嘘はなかったのかなー。

全国各地の中継リポートが始まると、絹代さんはテレビを消した。両手をお腹の辺りで緩《ゆる》く組み、ふー、と息を吐く。

「正直に言うと、八重にはもう戦ってほしくないと思ってるの。……酷《ひど》い人間よねぇ」

自嘲的《じちょうてき》に笑う絹代さんを見て、私も今まで我慢してきた思いを吐き出す。

（私だってそうですよ！　八重ちゃんさえ無事なら、保君なんかどうでもいいって、心の底から思ってます‼　あんなにボロボロなのに、また戦わせるなんて……！）

私には、八重ちゃん以上に大切なものなんてない。保君の魂《たましい》がどうなろうが、知ったこっちゃないと思う。酷いと言われようが、それが私の本心なんだから仕方がない。

「でも、あの子は行くわ。……そういう子だもの」

（わかってます。だから辛《つら》いんです。八重ちゃんの選んだ道に立《た》ち塞《ふさ》がるのは嫌なのに……行かないで、って言いそうになる……！）

八重ちゃんは、自分の危険を顧《かえり》みないで人を助けに走る子なのだ。絹代さんも私も、それをよく知っている。

私に、もっと力があればよかったのに。パパッと保君から悪霊を追い払って、八重ちゃんの傷に手をかざしただけで治せるような……そんな魔法みたいな力があればよかった。

こんな時、知識なんてなんの役にも立たない。

(時々、思うんです。……八重ちゃんが私を必要としなくなるまでに、あとどれぐらいの時間が残されているんだろう、って)

今みたいに、テストや宿題を手伝えるうちはいい。でも、それがあるのは学生の間だけだ。八重ちゃんが社会人になったら、私が役に立つ場面なんて、きっとなくなってしまう……！

「馬鹿《ばか》ねぇ！ 家族に有効期限なんてないでしょう？」

絹代さんは、キッパリとそう言って、私に微笑みかける。

「美果ちゃんは、八重にとっても私にとっても、大事な家族じゃないの。……役に立つとか立たないとか、そんなつまんないこと考えるんじゃないよ」

肩に触れた絹代さんの体温を感じられない自分がもどかしかった。

幽霊の考えることは、やはり陰《いん》のほうに傾いてしまうのかもしれない。私の〝つまんない〟悩みを笑い飛ばしてくれた絹代さんを見て、そう思った。


【六〇一号室にて、八重】

部屋から漏《も》れてくる声を頼りに、祖母の病室を探し当てた。ノックをしようと上げた手に、ひた、と冷気が触れる。

（遅かったねー。入って入って！）

美果さんの声だった。『亘の病室に寄ってたから』と答えながらドアを開け、部屋に入る。

祖母は、ベッドのヘッドボードにもたれて、壁の薄型テレビを見ていた。画面には、「めざましテレビ」が映っている。

「大変だったね」

私が傍《そば》へ寄ると、ようやくこっちを向いてそう言った。

「まだ終わってないよ。これから、もう一回戦ってくる」

「……やっぱり行くんだね」

祖母が、ため息混じりに言う。

「うん。……だから、結界の破り方、教えて」

ここには、それを訊きに来たのだ。あれを破らないと、保さんに近付けない。

「三人で張ってる結界なんでしょ？　だったら、一人を突き飛ばせばいいだけのことよ」

祖母は、空中に小さく三角形を描《か》き、その頂点を指で弾《はじ》いて見せた。

「……え!? そんなんでいいの!?」

もっと色々手順があるのかと思った。というか、本当にそれでいいのか……?

「こんなところで嘘を言う理由なんてないでしょう? ドーンと突き飛ばしてやんなさいな!」

私の頭をガシガシ撫でて、祖母が笑う。「ああ、そうそう」と、思い出したようにこう付け足した。

「美果ちゃんには、ここに残ってもらうことにしたわ」

その言葉を受けて、美果さんが右手に触れる。

(八重ちゃんが傷だらけになるところなんて、辛《つら》くて見ていられそうにないから……。ここで待ってるね)

「……うん、わかった」

美果さんは、今までに何度も私が戦う場面を見ている。しかし、それは全部、私よりも弱い相手とのケンカだった。だからこそ安心して見ていられたのだろう。……今回は、きっとそうはいかない。

(絶対、無事に帰ってきてね!)

右手に触れる冷気の面積が増える。両手で握っているのだ。

（帰ってこなかったら成仏《じょうぶつ》してやるからっ!!）

『なにそれ』

美果さんの変な脅《おど》し文句を笑うと、（もう！　笑いごとじゃないんだからね!?）と、怒られてしまった。

『わかってるよ。ちゃんと戻ってくるから、待ってて』

美果さんのいる所が、私の帰る場所だ。今日倒れた時に、それを痛感した。だから私は、きっとここに帰って来る。保さんの魂と、御箱を取り戻して。

8

ロビーで十郎《じゅうろう》と合流し、美果《みか》さんに見送られて玄関を出た。ようやく白み始めた空は、東の水色から西の濃紺《のうこん》へ、きれいなグラデーションになっている。

それにしても寒い。どう考えても、上着を着ていないせいだ。私の上着が山の中腹で無《む》惨《ざん》な最期《さいご》を遂《と》げたことなど知る由《よし》もない七重《ななえ》は、上着の替えを持って来なかったのだ。

……やっぱり、「上着は同じのを着るから要《い》らないだろう」って考えるもんなぁー、普通。

(……俺、離れてたほうがいいか？)

私の〃上着が欲しい〃願望を読み取って、十郎が言った。

『いいよ、このままで』

十郎と同じくらい空気も冷たいから、近くにいようが遠くにいようが、体感温度はたいして変わらないし。

『……で、亘《わたる》はなんて？』

上着以外のことを考えようと、十郎にそう問いかけた。

(早死にしやがって！ って、怒られた)

はは、亘らしいな。死んだ人間に、死んだことを怒ってどうするんだ。何を言っても、結果はもう変わらないのに。


玄関から伸びている舗装《ほそう》された道を歩き、道路と敷地を区切っている塀《へい》を越えると——もちろん、門をくぐって、ってことだけど——目の前に黄色い車が停《と》まっていた。キャラメル色のコートを着た母が、車体にもたれかかって、こっちに手を振っている。……ああ、

無視したい！　すっごく無視したい‼

「送っていこうか？」

にこやかに微笑《ほほえ》んで、握っていた鍵《かぎ》を見せた。

「……いい。近いし」

この車には、今後一切乗りたくない。というか、乗らない。

「今日は小沢くん憑《つ》いてないよ？」

「憑いてなかったら完全に無免許だろ⁉」

「……ちっ」

「舌打ちすんな‼」

唇《くちびる》を尖《とが》らせて、「母さんだって、首都《しゅと》高《こう》マスターなのにー」と言う。

「それはゲームだろ‼」

ゲームでできるなら、きっと現実でも！　という小学校低学年的発想で死にたくはない。

母は、頑《かたく》なに乗車を拒《こば》む私を見て笑い、言った。

「じゃあ……あれならどう？」

母が指差した先には、ポツリと一台、自転車が置いてあった。

緩《ゆる》やかな坂道を二人乗りの自転車が下っていく。母の体にしがみつくと、多少寒さが和《やわ》らいだ。走ってついて来ている十郎に、母が、

「十郎くーん！ ファイ、オー、ファイ、オー、ファイ、オー!!」

と、運動部のランニングみたいに声をかけている。二人分の体重で、自転車の速度がぐんぐん増していく。

「あらら。人がいっぱいいるわ」

首を伸ばし、母の頭越しに前方を見ると、結界を張っている三人の手前に何人か警官が立っていた。そういえば、病院の外にあったはずの緊急対策本部が、さっきは見あたらなかった。私が眠っている間に、こっちへ移ったのだろう。

「どうすんの？」

一人が私達に気付き、指を差《さ》して周りの人に何か言っている。その間も、自転車は加速を続ける。

「このまま突っ込みまーす！」

元気よく、母が言う。

「なっ!? 冗談でしょ!?」

「母さんはー、嘘《うそ》なんか言わないよー！」

やばい、本気だ……！

「ウフフ……速いなぁー！　楽しいなぁー！」

美果さんが今の母を見たら、「β《ベータ》‐エンドルフィンが過剰分泌《かじょうぶんぴつ》してるねー」と言うだろう。今まで知らなかったけど、この人絶対スピード狂だよ！　それ以外に、こんなにも脳内麻薬にどっぷり浸《つ》かった発言をする理由を思いつかない。……父と祖母が、母の運転免許取得に猛反対した訳《わけ》が、今ようやくわかった。

「どきなさーい!!」

一向《いっこう》にブレーキレバーを握る気配のない母を見て、集まっていた人達が慌《あわ》てて左右に避《よ》ける。風の音に混じって、あの鐘《かね》の音が、聞こえた。

母がブレーキをかけると、悲鳴のような音を上げて、自転車のスピードが緩まった。完全に止まる前に飛び降り、「十郎、来い！」と叫ぶ。背骨を滑《すべ》り降《お》りる冷気に、反射的に身を震わせ、顔を上げる。その目に、さっきまでは見えなかった結界の姿が、はっきりと映《うつ》った。

三人の指先を頂点として、地面と垂直に、透き通った膜のようなものが張っている。その中心に、膝立《ひざだ》って両耳を塞《ふさ》ぐ保《たもつ》さんの姿があった。その像は、少し歪《ゆが》んで見える。水上から、水面下のものを見ているみたいに。

十郎は、道路の左右に分かれた人達が戻って来る前に、結界を張る女の子の所へ走った。病院を出る前から、突き飛ばすのは一番若い子にしよう、と決めていたのだ。擦《す》り剝《む》いても、若ければ早く治るだろうし。

女の子の前に立ちはだかった警官の脇《わき》をすり抜け、彼女の体に手を伸ばす。

「ごめんなさい!!」

私が謝るのと同時に、十郎が肩を押して、彼女を道路脇の草むらへ突き飛ばした。その瞬間、キィーンという、金属同士を打ち鳴らしたような音がした。……結界が、消えていく。

「阿呆《あほう》！　自分が何をしたかわかっているのか!?　あの霊が体を捨てて逃げたらどうするつもりだ！　我等《われら》が一日に使える力には限りがあるのだぞ!?」

左肘《ひじ》を押さえながら立ち上がり、少女に憑いている霊が言う。

「そしたら保さんから御箱《おはこ》を取り戻して、それで除霊すればいいだろ！」

「そのようなことを……！　白神《しろがみ》が育てば、いずれは手に負えなくなるというのがわからんのか!?」

彼女は、吐き捨てるようにそう言った。……苦虫《にがむし》を嚙《か》み潰《つぶ》したような、とは、こういう表情のことを言うのだろう。

「そんなの知らない！　私は、保さんを助けるんだ!!」

語気を強めた私を見て、眉間《みけん》にシワを寄せる。

「生まれ変わりとは、性格までも似るものなのか……」

つぶやきながらよろよろと歩き、私の隣《となり》に立った。私を取り押さえようとにじり寄っていた警官達に向かって、「皆、手を出すな！　下がれ!!」と叫ぶ。

「気の済むようにするがいい。その代わり、お前の命に危険が及んだ場合は、あの男を始末する。……あれの魂《たましい》がそんなに大切なら、絶対にしくじるな」

背の低い彼女は、私を仰《あお》ぎ見て、厳しい口調でそう言った。

9

空に桃色が混ざり、朝日が昇ってくる。日に当たっている顔の左半分が、少しだけ暖かい。

「馬鹿《ばか》だなぁ、おめぇは！　放っておけば、また俺を封じられたのによぉ！　自殺願望でもあんのか？」

首を左右に曲げてコキコキと鳴らしながら、保《たもつ》さんがこっちに歩いて来る。十郎《じゅうろう》は、汚れたコートのポケットを見た。右のポケットだけ膨《ふく》らんでいる。あそこに、御箱《おはこ》が入っているのだ。

「まぁどっちにしろ、おめぇは俺が殺すけどなぁ!!」

保さんが、ニタァ、と笑って言う。ぐっとしゃがみ込み、路面を蹴《け》って飛び上がった。私の脳天目がけて、真《ま》っ直《す》ぐに手刀《しゅとう》を振り下ろす。

（もう……逃げない！）

髪が風圧で揺れるほど寸前まで引き付けて、右に跳《と》んだ。獲物《えもの》を逃《のが》した手刀は路面に叩《たた》き込《こ》まれ、その表面を僅《わず》かに砕き割る。十郎は、保さんが体を起こすより早く、彼の左肩を思い切り蹴り上げた。保さんの体がグルッと反転して、仰向《あおむ》けに倒れる。

『十郎、御箱を！』

（わかってる！）

保さんのコートの右ポケットに手を伸ばした十郎は、ふいに寒気を感じて一歩体を引いた。額《ひたい》を、蹴りが掠《かす》っていく。仰向けのまま、右足で側頭部を狙《ねら》ってきたのだ。

バックステップで距離を取り、額から流れ出た汗を袖口《そでぐち》で拭《ぬぐ》う。

（八重《やえ》……これは、汗じゃないんだ）

十郎が、袖口に視線を落とす。そこには赤い液体が……染みついていた。掠っただけなのに、額が切れたのだ。あのとき一歩引いていなかったら、蹴りの直撃を受けて首の骨を折られていたかもしれない。

「……いい勘《かん》してるじゃねぇか」

立ち上がり、少し悔《くや》しそうに言う。右手の指先からは、ポタポタと血が垂《た》れていた。アスファルトを殴《なぐ》った時に怪我《けが》をしたのだろう。痛みを感じない彼は、そのことに気付きもしない。

（早く終わらせないと、きっとあいつの体が保《も》たない）

十郎がそう思うのも当然だ。保さんは、昨日《きのう》の全力疾走《しっそう》登山から今まで、睡眠も食事もとっていないんだから。……顔色だって、すごく悪い。

血塗《ちまみ》れの手を振り上げ、また保さんが向かって来る。薙払《なぎはら》うような手刀を避けたところに、中段蹴りが飛んできた。即座に下がったが避けきれず、右の脇腹《わきばら》を蹴られて吹っ飛んだ。冷えた路面に背中から落ちて、十郎が咳《せ》き込《こ》む。脇腹が痛い……！

（いってぇ……！　ひび、入ったかも）

十郎が肋骨《ろっこつ》の一番下辺《あた》りを押さえた。感覚が鈍化《どんか》している私でさえかなり痛い。十郎が感じている痛みは、この数倍だ。肩の後ろの擦《す》り傷も痛んだ。同じ所を、また擦り剝いたのかもしれない。それでも十郎は、歯を食いしばって立ち上がる。

蹴り飛ばした私に止《とど》めを刺そうと、保さんが走って来た。疲労が蓄積した足は、途中でもつれて彼を転ばせた。そこへ、十郎が走る。痛みを感じるほどに、強く拳《こぶし》を握りしめて。

全体重を乗せて放った右ストレートは、保さんの左頰《ほお》に命中した。しかし、それでも保さんは倒れなかったのだ。虚《うつ》ろな目をして笑い、道路に唾《つば》を吐く。カツン、という音に目を向けると、血塗《ちまみ》れの歯が、朝日を受けて光っていた。

「もう倒れてくれ！　頼むから……！」

それは、二人の叫びだった。

「そんなにこいつの魂《たましい》が大切か？」

笑う。口を歪《ゆが》めて、笑う。口の中に溜《た》まった血が、顎《あご》を伝ってしたたり落ちる。

「大切だから……戦ってるんだ!!」

十郎が脇腹を押さえた。痛みが、さっきより増している。

「だったら……こいつに殺されれば、おめぇも本望だろ!!」

喋《しゃべ》る度《たび》に吐き出される保さんの血が、十郎の反応を、一瞬遅らせた。

瞬《またた》く間に距離を詰めた保さんに、右腕を摑《つか》まれ、路面に引き倒される。肩を蹴って転が

し、仰向けになった私の脇腹を踏みつけた。

メキッ。

内側に響いた、微《かす》かな音。赤い口元が、歪んだ笑《え》みを浮かべる。

(うあああああぁぁっ!!)

十郎の思考が、悲鳴に塗りつぶされた。私は短く息を吐いただけで、声を上げることもできなかった。……折られた! 折られたんだ……!!

十郎が、痛みに震える右腕で、脇腹に乗ったままの足を摑む。保さんは震える指先を見て、また楽しげに笑った。踏みつけている足はそのままにして、私の右手首を摑み、強く引っ張る。

肩の関節から、ゴリ、と鈍い音がした。摑まれていた手首が放されると、腕がダラリと道路に落ちる。十郎の思考は折られた肋骨の痛みに向いていたので、脱臼《だっきゅう》に悲鳴を上げることはなかった。ただ、(ああ、肩、外《はず》された。痛《いて》ぇ……)と、ぼんやり思っただけだった。

「もう飽きた。死ね」

冷えた視線が、私の顔を見下ろす。

『十郎！　十郎っ‼』

呼んでも、十郎は答えてくれない。浮かんでくるのは、痛い、という思いだけ。……私に答えを返す余裕がないのだ。

脇腹から足を退《の》け、頭の傍《そば》に立って体を屈《かが》める。首元に、血に染まった手が伸びてきた。

視界の端に、こっちに駆け寄る人影が見える。ここまで…なのか。

「ごめん……ね」

喉《のど》から、なんとか言葉を押し出す。結局、保さんを助けられなかった。……クソ、悔しいな。

切れた額から、髪の中へ血が流れていく。

目尻から溢《あふ》れた涙も、同じように流れていった。

その瞬間、視線の先にある彼の顔から笑みが消え、保さんの動きが止まる。

「やえ…ちゃ……はやく……！」

それは、ただ息が漏《も》れただけのような……内側に押し込められている〝保さん〟の、声だった。

保さんが、最後のチャンスをくれた。やるべきことはわかっている。十郎の憑依《ひょうい》を解いて、私自身の意志でこの体を起こして、ポケットに手を伸ばすんだ！　動け‼　動け‼　いんだ‼

「動けぇっ‼」

叫んだ瞬間、頭の天辺《てっぺん》から冷気が抜け、憑依が解けた。途端《とたん》に気が遠くなるような痛みが襲《おそ》ってくる。静まれ馬鹿！　痛がってる場合じゃないだろ⁉　今しかない！　今しかな

ガバッと一気に上半身を起こした。脇腹は金属バットで殴られてるみたいに痛いし、右腕はもげ落ちてしまいそうだ。でも、まだ左腕は動くはずだ！　というか、絶対動かすっ‼

気合いのみで持ち上げた左手は、指の数が数えられないほど激しく震えている。ピタリと静止している保さんの、血と泥で汚れたコートに手を伸ばした。ポケットごともぎ取るような勢いで、中から巾着袋《きんちゃくぶくろ》を引っぱり出す。やった……‼

「八重ちゃん、こっち‼」

母が、こっちに手を伸ばしている。迷わず袋を放り投げた。それをガッチリとキャッチした母は、「十郎くん！　もっと離れなさい‼」と叫んで、袋の口を開《あ》けた。

一時停止の画面が再生ボタンで動き出すみたいに、保さんの体が動きを取り戻す。

「てめぇ……！　くそがぁ‼」

彼は、腹いせに私の体を蹴ってから、箱を持つ母のほうへ走り出した。蹴られた私の体は、路面を四、五回 回転し、仰向けの状態で止まった。なんかもう、どこがどう痛いのかわからなくなってきた……。

空はきれいな水色で、雲一つない。もう一ミクロンも動きたくない私は、保さんと母が対峙《たいじ》しているであろう方向に、顔を向けることさえしなかった。周囲から上がった、「わぁー」という歓声で、除霊が成功したことを知る。

本当に良かった。体はズタボロになったけど……良かった。

10

保《たもつ》さんが目を覚ましたのは、午後七時ちょうどのことだった。

私も保さんも、あの現場から救急車でこの病院へ運ばれたらしいのだが、全く記憶にない。あの道路に寝転んで目を閉じ、次に目を開《あ》けたら診察台の上だったのだ。……どうやら、気を失っていたらしい。

私の怪我《けが》は——擦《す》り傷・切り傷・打ち身を除くと——右側の第一〇・一一肋骨《ろっこつ》の骨折と、右肩の脱臼《だっきゅう》だけだった。肩は完全な脱臼ではなく、「亜《あ》脱臼」という関節がズレただけのものだったので、医者にはめてもらってから三時間ほどで痛みが引き、普通に動かせるようになった。骨折のほうは、全治一か月だそうだ。足は無傷だったので、歩くこともできる。ただ、普通に歩くと肋骨が痛むから、すごくゆっくり歩かなきゃいけないけど。

一方保さんは、疲労骨折や剥離《はくり》骨折というよくわからないものや、捻挫《ねんざ》、ひびが全身にあり、治療にかなりの時間と手間を要したらしい。それを見ていた美果《みか》さんによると、リハビリ期間を含めると、完治までに四か月かかるらしい。……可哀想《かわいそう》に。

のろのろ歩いて保さんの病室を訪《たず》ねたのは、明日の朝に転院すると聞いたからだった。両親が家から通えるように、亘《わたる》と一緒に実家近くの病院へ移るのだそうだ。私も明日になったら、同じ理由で家の近所にある総合病院へ移るので、今日のうちにチラッと様子を見ておこうと思ったのだ。

明日の朝まで目覚めない、と美果さんから聞いていたので、そっとドアノブを回して病室に入った。ベッドサイドの電気スタンドが、少し頬《ほお》の瘦《こ》けた顔を照らしている。腕から伸びた点滴のチューブが痛々しい。

(八重《やえ》)

左手に冷気が触れ、十郎《じゅうろう》の声がした。

『ここにいたのか』

目が覚めてから今まで一度も声をかけられなかったので、病院の外にでも出ているのかと思った。

(ごめん! 俺、全然役に立たなくて!! お前を危ない目に……遭《あ》わせて……)

しゅんとした十郎の声を聞いて、吹き出してしまった。まさかこいつ、その後ろめたさで今まで話しかけられなかったのかな?

(後ろめたいなんてもんじゃねぇよ!! ……肝心《かんじん》な時に、お前を守れなかった)

全く……馬鹿《ばか》かこいつは。

『お前がいなかったら、たぶん最初の手刀《しゅとう》で頭割られて終わってたよ』

この額《ひたい》の傷だって、十郎を憑依《ひょうい》させていたからこそ、この程度で済んだのだ。

『十郎が頑張《がんば》れない時は、私が頑張る。それでいいんじゃないの?』

十分助けてもらっている。金銭的にも、肉体的にも……精神的にも。

(……そうか?)

『そうだよ』

肩を叩《たた》くつもりで、空中に手を伸ばした。目算《もくさん》で叩いてみる。

(八重……顔面、突き抜けてる)

十郎が笑う。肩を叩こう、という気持ち自体は通じているので問題ない……よな?

(うん。問題ない)

十郎の冷気が、フワ、と頭に乗った。保さんが目を開けたのは、その時だった。

「わっ……!」

起きないと思っていたので、驚いて声を上げてしまった。その黒い目に私の姿を映《うつ》して、唇《くちびる》が、動く。ひどく掠《かす》れたその声を聞き取れなくて、口元に耳を寄せた。

「ありがとう!」

そう大声で叫ばれた。

「うわっ!! ……声出るなら普通に出せばいいだろ!?」

体を離して左耳を押さえた。こういう時くらい、いじわるを休めないのか!?

「ごめんごめん。でも、僕も全身に激痛が走ったから、おあいこだね」

「だね、じゃないよ! 重傷なんだからね!?」

でも……そっか。ずっと意識がなかったなら、自分の症状も全治四か月だってことも知らないのか……。

「そんな悲しい顔しないでよ。生きてただけでよかったって思ってるんだから」

保さんが、穏《おだ》やかな目で私を見る。

「なんで霊感あるって黙ってたの？」

それを知っていたら、祖母や母も助《すけ》っ人《と》として保さんを呼んだりはしなかっただろう。

ということは、二人も保さんに霊感があるのを知らなかったということになる。……というか、祖母や母はまだしも、美果さんと十郎が気付かないのはおかしいんじゃないのか……？

「だから、言ったでしょ？　見えようが何しようが信じてなけりゃいないのと同じ、って、夏梨《かりん》ちゃんが……」

「それはもういいから！　……いい加減、ホントのこと言ってよ」

夏梨ちゃんっていうのは、「BLEACH《ブリーチ》」というマンガのキャラクターで……って、今はいいか、それは。

保さんは、目を逸《そ》らさない私を見て息を吐き、仕方なさそうに笑った。

「そんなに霊感が強いわけじゃないんだ。こう……曇《くも》った鏡に映ってるみたいな、ぼんやりしたものが見えるくらいで、声も聞こえないし」

私の左隣《ひだりどなり》を見上げる。そこに立っている十郎を見ているのだ。

「僕はね、気付かれたくなかったんだよ。だから誰にも言わなかったし、女子大生の霊や十郎君が近付いても、気付かないフリをした。触れられている間、別のことを考えて悟られないようにした」

左手首に触れている十郎が、(だから俺達にもわからなかったのか……)とつぶやく。

「でも……なんでそこまで気付かれたくなかったの？」

何か余程《よほど》の理由があるに違いない。私は息を詰めて、保さんの言葉を待った。

「だって、僕のキャラじゃないでしょ？」

「……え？」

「不思議天然系は、晃《あきら》君の担当だからねぇ」

「……まさか…それだけ？」

「え？　それだけだよ、もちろん」

つまり、この人のキャラ作りのために、みんなボロボロになったってことか!?　……開《あ》いた口が、全然塞《ふさ》がらない。

(八重、怒らないでやってくれ。悪気はないんだ………たぶん)

『……もういいよ。なんかもう、全てがどうでもいいよ』

そんな私と十郎を余所《よそ》に、保さんはのんびりと喋《しゃべ》り続ける。

「それにしても、十郎君も強かったけど……やっぱり僕のほうが、ちょっとだけ強かったみたいだねぇ。……あのとき止めなかったら、八重ちゃん死んでただろうし」

「……そうだね」

にっこり微笑《ほほえ》む保さんを見て、自然とため息が漏《も》れた。あの戦いの最中、そんなことを考えてたのか……。格闘《かくとう》馬鹿、ここに極《きわ》まる！　という感じだ。

「……えばよかった」

天井を見つめて漏らした微《かす》かな声が、聞き取れなかった。今度は、「え？　何？」と、距離を保ったまま聞いた。保さんは、「やっぱり、二回は騙《だま》されないか」と笑い、ふと寂しそうな表情をした。

「ちゃんと試合してもらえばよかった。……十郎君が、生きているうちに」

独《ひと》り言《ごと》のような小ささで、言う。静かに瞼《まぶた》を下ろした。

「十郎君が死んじゃって、悲しいよ」

「……うん」

隣で、十郎がうつむく気配がする。『どんな気分？』と問いかけてみた。

(……嬉《うれ》しい)

十郎は、ポツリと、そうつぶやいた。……そっか、嬉しいのか。

保さんがそのまま眠ってしまったので、またそろーりそろーりと歩いて、自分の病室へ戻った。(おかえりー)と声をかけてくる美果さんに、『美果さんが死んじゃって、すごく悲しかったんだよ』と伝えた。……自分から悲しみを伝えたのは、これが初めてだった。

いつも一緒にいると、その嬉しさで、悲しみは摩耗《まもう》していく。霊と日常的に接することで、「死」というものが軽くなってしまう。だからこそ、あの時の気持ちを忘れてはいけないのだ。

人が死ぬということは、とても重いことなのだから。

11

翌日。

お昼近くに目覚めると、小西《こにし》兄弟は既《すで》に転院を済ませていた。不発弾処理のニセ避難勧告も解除され、病院内には従業員と患者が戻ってきているらしい。枕元で梨《なし》を剝《む》いていた父が、そう教えてくれた。

切り干し大根の煮物、鰯《いわし》のつみれ汁、牛乳、というカルシウム重視の病院食を食べた後、父が運転する車に乗って、私も病院を移った。父は僅《わず》かな段差にも気を遣《つか》って走り、普通に走ったら一時間の道のりを、二時間半かけて移動した。……いくらなんでも心配しすぎだと思う。

もう一度診察を受け、医者に「自宅療養でも結構ですよ」と言われたにもかかわらず、父は、「最初の一週間は入院させます！」と譲らず、結局入院することになった。

見晴らしのいい広い個室に通され、窓の外に広がる街《まち》を眺《なが》める。遠くに、私が通っている武蔵野南《むさしのみなみ》高校が見えた。……楽しみにしていた沖縄《おきなわ》への修学旅行には、行けなくなってしまった。準備していた旅行鞄《かばん》のことを思うと、ため息が出る。行きたかったなぁ……。

少しウトウトしてから目を開《あ》けると、空が柔らかなフラミンゴピンクに染まっていた。

美果《みか》さんと十郎《じゅうろう》は病院内の探索に行き、父は着替えを取りに一旦《いったん》家に帰ったので、広い病室には私しかいない。ドア越しに、医者を呼び出すアナウンスや、廊下を歩く看護師達の足音が聞こえてくる。そんな音に耳を傾けながら暮れていく空を見ていたら、廊下を走って来た足音が、ドアの前で止まった。

「園原《そのはら》ぁー‼ 肋《あばら》、折れたんだってー?」

蹴破《けやぶ》るような勢いでドアを開けて入って来たのは、同じクラスの升野《ますの》英美《ひでみ》と緒方正治《おがたせいじ》だった。

「なんでここが……!」

せっかく静かな時間を楽しんでいたのに……!

「ママさんに電話したら教えてくれたのよ」

ニコニコと答える升野を見て、母を責めたい気持ちでいっぱいになった。この二人、友達といえば友達なのだが……何をどう贔屓目《ひいきめ》に見ても——詳《くわ》しいことは思い出したくもないので、各自前作を読むなどしてください——悪友なのだ。

「登山中に崖《がけ》から落ちるなんて、ベッタベタな怪我《けが》の仕方よねー」

「うん。ベタが集まってキングベタイムになってんよねー」

二人が顔を見合わせて言う。なるほど。母は学校にそういう嘘《うそ》を吐《つ》いたのか。……にしても、ベタイムってなんだよ……。

「明日から沖縄なのに、カワイソウね」

そういうことを、満面の笑《え》みで言われてもなぁ。

「ホント、ミゼラブリッシュだよなー」

また変な造語を……。まぁ、言いたいことはわかるけど。

「心配しなくても、園原が行きたがってたトコは、全部代わりに回ってくるから！」

升野の言葉に、「別に心配なんか……」と言いかけると、緒方がそれを遮《さえぎ》って言った。

「鍾乳洞《しょうにゅうどう》もハブもマングースも、八重《やえ》さんの代わりにみんな見てくるから!!」

更《さら》に升野が続ける。

「そうそう！　青い空もエメラルドグリーンの海も白い砂浜も、みぃーんな見てくるからっ!!」

これ以上はないという会心《かいしん》の笑みで、二人が私を見た。

「もう帰れ――――っ!!」

思わずそう叫んでしまい、肋《あばら》に激痛が走る。……クソ！　だからこいつらには来てほしくなかったんだ!!

そんな私の思いに全く気付かない二人は、沖縄旅行への意気込みを、たっぷり一時間、

私に語り続けた。

そのまた翌日、二六日の昼。

今頃はみんな沖縄かぁ……と、虚《むな》しさ満点で空を見ていたら、母と、松葉杖《まつばづえ》をついた祖母が、お見舞いに来てくれた。母はゲームボーイアドバンスを差し入れてから買い物に出かけ、それを見送った祖母は、散髪用のハサミを取り出した。

「伸びてきたから、切ってあげるわ」と、窓辺《まどべ》に椅子《いす》を置いて私を座らせ、自分はキャスター付きの丸椅子に座った。椅子を転がしながら、私の髪を切っていく。私のパジャマや病室の床《ゆか》に、髪が散らばる。切った髪の行方《ゆくえ》は気にしないのが、祖母流の散髪だ。

幼い頃からずっと、私の髪は祖母が切っていた。今なら、その理由がわかる。……私の中にいる〝八重〟の姿に、少しでも近付けたかったのだ。

「……アンタは、何も訊《き》かないわね。本家のことも、警察のことも」

寒そうな外の風景を眺める。ガラス越しに、強い風の音が聞こえていた。

「知りたくない。関わりたくないもん」

頭皮を通じて、サク、サク、と髪を切る感じが伝わってくる。「徹底してるわねぇ」と、祖母が笑った。

「アンタがここまで平凡な日常を望むのは……あの子の人生が、波乱に満ちていたからかもしれないね」

そう……なのかもしれない。きっと、祖母の傍《そば》で穏《おだ》やかに時を重ねることが、彼の願いなんだから。

「初めてあの子に会った時、前か後ろかわからないくらい髪がぼさぼさでね。あんまりみっともないから、部屋にあったハサミで切ってあげたの」

サク、サク、と散髪は進む。その時と、同じように。

「でも人の髪を切るなんて初めてのことだったから、失敗しちゃったのよ。前髪も後ろ髪もがたがたになっちゃってねぇ。ごめんなさい、失敗したわ、って謝ったら……あの子、なんて言ったと思う?」

祖母の手が止まり、室内の物音が消える。

「気にすることはない。ここに来て私を見るのは、絹代《きぬよ》だけなんだから。……そう言ったの」

寂しげに笑う彼の顔が、目に浮かんだ。

「その時、私は一二だったけど……ああ、この子を守らなきゃいけない。家族に邪魔者《じゃまもの》扱いされてる私よりも、この子のほうがずっとずっと孤独なんだから……って思ったわ」

静かに言って、祖母はまた髪を切り始めた。……きっと、祖母も孤独だったんだ。だからこそ、彼の孤独の深さが理解できた。

「……ありがとう、絹代」

彼の声を真似《まね》て、そう言ってみる。私は、「あいつなら、きっとこう言うよ」と振り向き、祖母を見た。祖母は……泣いていた。

「ご、ごめんなさい！　泣かせるつもりじゃ……！」

軽い気持ちで口にしてしまったことを、ひどく後悔した。「ああ、似てるね」とか、そのくらいの反応だと思っていたのに……。

祖母は、「馬鹿《ばか》ね」と笑って、ギプスがはまっていないほうの足だけで立ち、私の頭をギューッと抱きしめた。

「髪の毛、付いちゃうよ？」

「いいのよ。……いいの」

柔らかいカーディガンに頰《ほお》を埋《うず》めながら、目を閉じて祖母の声を聞く。

〝ありがとう、なんて、言わなくてもいいの〟

祖母は、そう言っているのだ。

あいつに……そう言っているのだ。

12

一一月三〇日。

ここに転院して、今日で六日目になる。怪我《けが》は、まだ大きな声を出すと痛むが、普通の速さで歩いても平気なくらいに回復した。明日、ようやく家に帰れる。

昼ご飯を終えてすぐ、沖縄《おきなわ》帰りの升野《ますの》が訪《たず》ねてきた。小脇《こわき》に、わさわさとサトウキビを抱《かか》えている。……お土産《みやげ》だった。

升野はデジタルカメラのデータを見せながら、水着に着替えて浜辺に出たら普通にウミヘビが泳いでいたので海水浴を断念したことや、ハブもマングースも全くやる気を見せず、ほとんど戦わないままショーが終わったことなどを話してくれた。サトウキビは全然要《い》らないけど、土産話はおもしろかった。

「そういえば、今下で聞いたんだけど、この病院にAUBE《オーブ》の人が入院してるらしいよ！　晃《あきら》君かなぁ？　晃君かなぁ？」

「そうなんだ。知らなかった」

もしかしたら……それは、私のことかもしれない。昨日《きのう》事務所の社長がお見舞いに来たので、それを見た人が勘違《かんちが》いしたのだろう。社長は、「ちょうどベストアルバム作ってる時でよかった。晃さえ無事なら、あとはどうにでもなるからな！」と豪快《ごうかい》に笑って帰っていった。……さすがに、亘《わたる》と保《たもつ》さんを哀《あわ》れに思った。

「入院してるの、晃君だったらいいのにー。そしたらどーにかしてお近付きになってー、最終的には、あのきれいな顔を歪《ゆが》ませて、ヒィヒィ言わせるのー！」

升野がにこやかに言う。そんな顔して話すようなことか……？

「園原《そのはら》だって言わせてみたいでしょー？」

「いや、全然」

「えぇー、嘘《うそ》だぁー！　全女子共通の夢じゃんっ!!」

「自分の考えを基準にするな！　お前は女子の中でもかなり特殊な……」

部類に入るんだからな、と言うつもりだったが、突然開いたドアの音に遮《さえぎ》られた。

「八重《やえ》ちゃん！　お見舞いに来たよー！」

元気いっぱいに入って来たのは……青山晃《あおやま》だった。升野の動きが、止まる。

「……あ、お客さんだったんだね。じゃあ、また後で来るね！」

升野を見てそう言うと、ニッコリ笑ってドアを閉めた。


「あ……ああああ……っっ！！！」

ドアを指差して、升野が叫ぶ。

「違うんだ！　これは違うんだ、升野!!」

自分でそう言いながら、浮気現場を目撃された亭主の第一声みたいだ、と思う。

「何が違うのっ!?　どう見ても晃君だったよ!!」

「きっと隣《となり》の部屋と間違え……」

「名前呼ばれてたじゃん!!　ちょっとォ!!　どーゆーこと!?」

升野がベッドに乗り上がり、私の胸倉《むなぐら》を摑《つか》んでガックンガックン揺らす。

ああ、肋《あばら》が痛いなぁ。あはは。あははは。……もう笑うしかない。

平凡な日常は、果てしなく遠い。遠すぎて全然見えない。あの野郎、チラリとも姿を見せない。おそらく私は、〝平凡〟にひどく嫌われているのだ。

それでも私は、きっとそこに辿《たど》り着いてみせる！　ちくしょう、絶対辿り着いてやるからなっ!!

そしていつか、この騒がしい日々を懐《なつ》かしく思い出すのだ。

どこか遠い世界の、嘘っぽい伝説みたいに。

松原真琴です。著者です。好きな作曲家は菅野よう子さんです。

【執筆中の思い出】

二週間、トルコへ行きました。ジャンプ小説大賞の先輩である定金伸治先生・乙一《おついち》先生と一緒だったので、旅行中になんとかしてお二人からおもしろい小説を書く極意を盗もうと思っていたのですが、連日どうでもいい話（タモリさんのこととか「北斗の拳」のこととかチワワのこととか）しかしなかったので、全然盗めませんでした。無念です。

真夏に書いていたので、主食がアイスクリームでした。体にブツブツができました。首の後ろと額《ひたい》に冷却シートを貼って、猛暑と戦いながらキーボードを打っていました。夏は苦手です。

これを書いている時、同時進行で「BLEACH」というマンガを小説にする仕事をしていました。本文に夏梨のセリフが出てくるのはそのせいです。嘗《かつ》てないほどにキツキツのスケジュールだったので、常に半泣きで書いていました。よろしければ、そちらも是非。

【今回の話について】

「心」に〝ハート〟とルビを付けるのが夢だったので、それが叶《かな》ってとても嬉しく思っています（青山の紹介のところです）。次の目標は、「強敵」に〝とも〟とルビを付けることです。頑張ります。

格闘のシーンが多かったので、「これがこうきたら、こっちをこうするから……」と、実際に動きながら書いていました。端《はた》から見たら、かなりおかしな光景だったと思います。一人暮らしで本当によかったです。

今回も性懲りもなく変なヒーローものを書いてしまいました。後藤望にもう少し出番をあげられればよかったのですが、八重が美少年に興味がないという設定を最初に作ってしまったために、どうにもこうにも出せませんでした。ごめんね後藤。頑張れ後藤。

この「彼女シリーズ」は、一旦ここでおしまいです。一年以上取り組んだ話なので少し寂しい気もしますが、三部作らしい終わり方ができたんじゃないかと思います。まだ色々ほったらかしな部分もありますが、それは「のりしろ」として、好きなように想像してみてください。決して面倒だからほったらかしたわけではありません。書き切る力量がなかっただけです（余計悪い）。

そのうち機会があれば、八重視点ではない話を書きたいです。七重とか、升野とか。

【園原八重について】

予想以上にいい子になりました。わがままな女の子を書いているつもりだったのに、周りを埋めていくうちに性格が変わっていきました。そういう意味でも、書いていて楽しかったです。

今だから言えることですが、これの一作目、「そして彼女は拳を振るう」を書き始めた頃、前作「そして龍太はニャーと鳴く」の猫視点がなかなか抜けなくて、八重の視点なのに、「私は右前脚で……」とか無意識に書いてしまって困りました。懐かしい……。

あと、八重は女性読者に異様に人気がありました。それが、本当に嬉しかったです。今後もそういう女の子を書いていきたいです。

【もう一人の八重について】

私の担当をしてくださっている編集さんが、「八重が……あ、もう一人のほうね。えっと、その八重が、今生きているほうの八重と……」と、大変話し辛《づら》そうだったことを覚えています。ややこしくてすみません。今作の打ち合わせがいつも長引いたのは、全部この人のせいです。ということは私のせいなので、やっぱりすみません。

【気に入っているシーン】

・八重とお母さんがゲームの協力プレイをするところ

・式神が散るところ
・八重とお母さんが自転車に乗るところ
・お祖母ちゃんが病室で髪を切るところ
・小沢全般（スピードワゴン、大好きです）

【挿し絵について】

三作通して小畑健先生が担当してくださいました。

全く知らない作家の本を買うのは、勇気が要ることです。そんなたくさんの迷える読者の背中を、小畑先生の絵が押してくださったに違いありません。すてきな挿し絵を、本当にありがとうございました。このご恩は一生忘れません。いつの日か、羽根を抜いて生地を織る以外の方法でご恩返しをしたいと思います。


少し真面目なことを書かせてください。

私が初めて「死」というものに触れたのは、小学校高学年の頃でした。母方の祖父が亡くなったのです。私は岐阜、祖父は名古屋に住んでいたので、それほど頻繁に交流があったわけではないのですが、私は多趣味な祖父がとても好きでした。カメラが好きで、映画が好きで、料理が好きで、格好いい盆栽を作っていて、機械に強くて、本当にすごい人でした。今でも祖父を思う時、魔法使いのようなイメージが浮かぶのは、そのせいだと思います。

祖父が亡くなる少し前、母と一緒に病院へお見舞いに行きました。その頃書道を習っていた私は、最近書いたものを持って行き、祖父に見せました。

「強い字だね。真琴ちゃんは、きっと何かで成功するね」

祖父はそう言って誉めてくれました。そっと握られた手の感触と穏やかな目が、今でも忘れられません。

あの言葉を思い出すと、「私は大丈夫なんだ」という気持ちになれます。祖父の言った〝何か〟が小説のことなのかどうかはわかりませんが、あの言葉がなければ、今の私はなかったと思います。おじいちゃん、本当にありがとう。

今年の夏のことです。実家へ帰った私は、大型電気店でもらってきた色々な電化製品のカタログを見ていました。各社を比較しながら見るのが好きなのです。そんな私の様子を見た母が、「そういえばお祖父ちゃんも、よくそうやってカタログ集めて見てたなぁ」と言うのを聞いて、不思議な気持ちになりました。私と祖父は、いつもどこかで繋がっているのかもしれません。

「死」や「幽霊」には、どうしたって悪いイメージや怖いイメージがつきまといます。でも、決してそれだけではないはずです。この小説の根っこにあるテーマは、その負のイメージをどうやって拭《ぬぐ》っていくか、でした。

私は、人は亡くなっても、必ず何かが遺《のこ》っていくのだと思います。

八重のシチューライスや、私のカタログ集めみたいに。

長いあとがきですみません。たくさんページをいただけたので、ここぞとばかりに書いてしまいました。それにしても、前半と後半の温度差がすごいですね。

最後になりましたが、いつも応援してくださっている方も、これが初めてだという方も、この本を手にとってくださって本当にありがとうございます。鼻血が出ようが台風が直撃しようが飼い猫に噛まれようが、皆様の応援があれば挫《くじ》けずに生きていけます。

本の製作に関わった全ての皆様にも、心からのお礼を。これからも頑張ります。

■初出

そして彼女は伝説へ…　　　　書き下ろし

そして彼女は伝説へ…

2004年12月20日　　第1刷発行

著　者◉松原真琴　小畑 健
装　丁◉亀谷哲也

発行者◉堀内丸恵
発行所◉株式会社 集英社
〒101-8050　東京都千代田区一ツ橋2-5-10
TEL　03-3230-6297(編集部)　3230-6393(販売部)　3230-6080(制作部)
印刷所◉図書印刷株式会社

ISBN4-08-703151-9 C0093

「SUMMON NIGHT《サモンナイト》 帰るべき場所へ」

都月狩◉飯塚武史

「SUMMON NIGHT《サモンナイト》 私だけの王子さま」

都月狩◉飯塚武史

「SUMMON NIGHT クラフトソード物語」

寺田とものり◉大塚真一郎◉外崎春雄

「シャーマンキング1〜2」

武井宏之◉三井秀樹

「テニスの王子様 The Prince Has Come!!」

許斐剛◉影山由美

「テニスの王子様 Begin The Battle!!」

許斐剛◉影山由美

「テニスの王子様 A Day of The Survival Mountain」
SPECIAL 許斐剛◉岸間信明

「テニスの王子様 The Gift Has Awaked!」

許斐剛◉岸間信明

「テニスの王子様 The Gift Has Exploded!」

許斐剛◉岸間信明

「聖闘士星矢 ギガントマキア盟の章」

車田正美◉浜崎達也

「聖闘士星矢 ギガントマキア血の章」

車田正美◉浜崎達也

「NARUTO―ナルト― 白の童子、血風の鬼人」

岸本斉史◉日下部匡俊

「NARUTO―ナルト― 滝隠れの死闘 オレが英雄だってばよ!」

岸本斉史◉日下部匡俊

「NARUTO―ナルト― 大活劇!雪姫忍法帖だってばよ!!」

岸本斉史◉日下部匡俊◉隅沢克之

「BLACK CAT《ブラック・キャット》 I〜II《I〜II》」

矢吹健太朗◉大崎知仁

「Mr.FULLSWING《ミスターフルスイング》 伝説開幕!」

鈴木信也◉千葉克彦

「アイシールド21 幻のゴールデンボウル」

稲垣理一郎◉村田雄介◉長谷川勝己

「いちご100% My Sweet Memory of 〜いちご〜」

河下水希◉影山由美

「いちご100% 恋が始まる!?撮影合宿 〜ゆれるココロが東へ西へ〜」

河下水希◉子安秀明

「BLEACH letters from the other side」

久保帯人◉松原真琴

j-BOOKS
★
ORIGINAL STORY

「もう一度デジャ・ヴ」

村山由佳◉志田正重

「キスまでの距離 おいしいコーヒーのいれ方I」

村山由佳◉志田正重

「僕らの夏 おいしいコーヒーのいれ方II」

村山由佳◉志田正重

「彼女の朝 おいしいコーヒーのいれ方III」

村山由佳◉志田正重

「雪の降る音 おいしいコーヒーのいれ方IV」

村山由佳◉志田正重

「緑の午後 おいしいコーヒーのいれ方V」

村山由佳◉志田正重

「遠い背中 おいしいコーヒーのいれ方VI」

村山由佳◉志田正重

「坂の途中」おいしいコーヒーのいれ方Ⅶ
村山由佳◉志田正重

「優しい秘密」おいしいコーヒーのいれ方Ⅷ
村山由佳◉志田光郷

「MIDNIGHT★MAGIC《ミッドナイト★マジック》Ⅰ〜Ⅶ」
夢幻◉叶恭弘

「魔界西遊記」
夢幻◉相崎勝美

「夏と花火と私の死体」
乙一◉幡地英明

「天帝妖狐」
乙一◉幡地英明

「眠り姫は魔法を使う」
霧咲遼樹◉藤崎竜

「RIPPER GAME《リパーゲーム》」
霧咲遼樹◉藤崎竜

「D室の子猫の冒険」
霧咲遼樹◉藤崎竜

「ジハードⅠ〜Ⅴ」
定金伸治◉山根和俊

「ジハードⅥ〜Ⅺ eternal」
定金伸治◉芝美奈子

「ジハード外伝」
定金伸治◉芝美奈子

「ZERO《ゼロ》」
映島巡◉かずはじめ

「紅衣英雄譚異聞 オデュッセイア」
映島巡◉厦門潤

「まずは一報ポプラパレスよりⅠ〜Ⅱ」
河出智紀◉鷹城冴貴

「ランニング・オプ」
大木智洋◉森田信吾

「時限爆呪」
希崎火夜◉矢吹健太朗

「三番目の転校生」
城崎火也◉しんがぎん

「禁じられた鏡」
城崎火也◉しんがぎん

「湖の魔手」
城崎火也◉三好直人

「そして龍太はニャーと鳴く」
松原真琴◉久保帯人

「そして彼女は拳を振るう」
松原真琴◉小畑健

「そして彼女は神になる」
松原真琴◉小畑健

「そして彼女は伝説へ…」
松原真琴◉小畑健

「レジェンズ 甦る竜王伝説」
園田英樹◉渡辺けんじ

「俺らしくB－坊主」
保田亨介◉河野慶

「復活のマウンド 加賀谷智明の軌跡」
岡田成司◉村中孝

「晴れときどき女子高生 プラトニックチェーン」
渡辺浩弐◉岡崎武士

JUMP j BOOKS

オリジナル小説から漫画ノベライズまで
活字のニュー・エンターテインメント！